KB142338

우태훈의 詩談 칼럼집

우태훈의 詩談 칼럼집

2024년 2월 29일 제 1판 인쇄 발행

지 은 이 | 우태훈
펴 낸 이 | 박종래
펴 낸 곳 | 도서출판 명성서림

등록번호 | 301-2014-013
주 소 | 04625 서울시 중구 필동로 6(2층·3층)
대표전화 | 02)2277-2800
팩 스 | 02)2277-8945
이 메 일 | ms8944@chol.com

값 13,000원
ISBN 979-11-93543-44-3

우태훈의 詩談 칼럼집

우태훈 저

도서출판 명성서림

서문

문학관련 자료가 서점마다 많이 들어차 있어서 우태훈의 〈시담칼럼집〉을 한 권 더 갖다가 올려 놓는 것은 별 의미가 없다고 보여지며, 다만 시창작물을 어떤 시각으로 바라 보았는가 하는 개인적인 생각들을 적어 본 것이다.

10년차 이상된 중견시인들은 나름대로 자신의 해석능력이 있겠지만, 습작생이나 등단 초보 시인들에게는 큰 시인으로 나아가는 길잡이 역할을 하기를 바라는 마음으로 본 저서를 집 본 해 보려고 한다.

일반 독자들에게는 시를 이렇게 해석해 보는 방법도 있구나 하는 방법을 제시해 본다. 시를 감상하고 일상생활에서 정서적으로 안정감을 얻는다면 다행이라고 생각한다.

본 저서는 시사1 인터넷 신문사에 이미 발표된 자료들로써 독자들이 찾아서 읽어 보기는 어려운 점이 있어서 단행본으로 엮어서 책으로 출간 한다면 일일이 찾아보는 불편함을 해소하고 쉽게 손 닿는 곳에 두고 자주 접하면서 읽어준다면 더할 나위 없는 발전이 있으리라고 보여 집니다.

시인을 지망하시는 분들이나 이미 등단하신 시인들에게 더 좋은 시를 쓰기 위한 작은 바이블이 되었으면 하는 마음이 간절하며, 본 서가 나오기 까지 물심양면으로 도움을 아끼지 않으신 명성서림 박종래 이사장님, 이해경 사무총장님, 시사1 윤여진 발행인님에게 깊은 감사를 드립니다.

서기 2024년 갑진년 새해 벽두에 서울 독서당로 지선당에서
우태훈 삼가 쓰다.

04 / 서문

10 / 이필균 '애국하는 노래'
11 / 김소월 '초혼'
14 / 한용운 '님의 침묵'
16 / 우태훈 '한가위 보름달'
18 / 윤동주 '참회록'
20 / 우태훈 '미륵반가사유상과의 대화'
23 / 이형기 '낙화'
25 / 이상화 '나의 침실로'
28 / 루 살로메 '삶의 기원'
30 / 릴케 '내 눈을 감기세요'
33 / 유치환 '행복'
35 / 이형기 '대竹'
37 / 소식蘇軾 '후석고가後石鼓歌'
41 / 도연명陶淵明 '도화원기 서문桃花源記 序文'
45 / 도연명陶淵明 '도화원기 본문桃花源記 本文'
47 / 오세영 '그릇'
50 / 우태훈 '고향의 집'
52 / 조지훈 '완화삼玩花衫'
54 / 박목월 '나그네'
56 / 우태훈 '눈길을 밟으며'

58 / 박두진 '해'
61 / 김종해 '그대 앞에 봄이 있다'
63 / 존 던 '누구를 위하여 종鐘은 울리나'
66 / 셰익스피어 '사랑과 세월'
69 / 기욤 아폴리네르 '미라보 다리'
72 / 황금찬 '별이 뜨는 강마을에'
75 / 롱사르 '마리에게 보내는 소네트'
77 / 문효치 '비천'
79 / 우태훈 '우포늪의 저녁 노을'
81 / 윌리엄 블레이크 '옛 시인의 목소리'
83 / 푸슈킨 '삶이 그대를 속일지라도'
85 / 윌리엄 워즈워스 '아름다운 저녁'
87 / 프랑시스 잠 '이제 며칠 후엔'
90 / 샤를 보들레르 '미'
92 / 엘리엇 '황무지-죽은자의 매장'
95 / 예이츠 '그대 늙어서'
97 / 빅토르 위고 '나는 왔노라 보았노라 이겼노라'
100 / 테니슨 '율리시스'
102 / 딜런 토머스 '유독 시월 바람이'
104 / 로버트 프로스트 '걸어보지 못한 길'
107 / 바이런 '아나크레온의 사랑 노래'

110 / 쟈크 프레베르 '국립미술학교'
111 / 라빈드라나드 타고르 '동방의 등불'
114 / 김영랑 '모란이 피기까지는'
116 / 유치환 '깃발'
117 / 조지훈 '승무'
120 / 이육사 '청포도'
122 / 박인환 '목마와 숙녀'
125 / 김소월 '엄마야 누나야'
127 / 윤동주 '서시'
128 / 박재삼 '울음이 타는 가을 강'
130 / 이형기 '산山'
133 / 이생진 '그리운 바다 성산포'
137 / 이수 '가을생각'
138 / 장성우 '내 사랑을 보낼 때'
141 / 한선향 '파도가 종을 울린다'
143 / 신경림 '그 길은 아름답다'
146 / 김창완 '깊은 강처럼'
148 / 배월선 '어떤 날은 낯설어도 행복하다'
151 / 서정주 '국화 옆에서'
153 / 박인환 '세월이 가면'

156 / 김현승 '가을의 기도'
158 / 조덕혜 '하늘이 좋다'
160 / 김문중 '사랑의 등불'
162 / 우태훈 '내 고향 인천광역시'
165 / 문덕수 '조금씩 줄이면서'
167 / 정선영 '꿈을 꾸듯-몽골 테를지에서'
169 / 이성숙 '목련'
171 / 우재정 '선비문화 수련원에서'
173 / 김종임 '당신을 만나 행복합니다'
176 / 우태훈 '임인년 새해 아침을 맞으며'
178 / 강재현 '말'
180 / 임길도 '물구나무서기'
182 / 문점수 '새 친구'
185 / 우태훈 '명절날 일하는 사람들'
187 / 태동철 '또, 갔어'
190 / 문효치 '대왕암 일출'
192 / 고산지 '사랑의 송가'
194 / 김근당 '아버지의 목소리'
196 / 이혜숙 '응봉공원 벚꽃'
198 / 이미순 '공허'

우태훈의 詩談 · 1

이필균 '애국하는 노래'

아세아에 대죠션이 자주 독립 분명하다
(합가) 애야에야 애국하세 나라 위해 죽어 보세.

분골하고 쇄신토록 충군하고 애국하세.
(합가) 우리 정부 높여 주고 우리 군면 도와주세.

깊은 잠을 어서 깨여 부국강병 진보하세.
(합가) 남의 천대 밧게 되니 후해 막급 업시하세.

합심하고 일심되야 서세 동점 막아보세.
(합가) 사농공상 진력하야 사람마다 자유하세.

남녀 업시 입학하야 세계 학식 배화 보자.
(합가) 교육해야 개화되고, 개화해야 사람되네.

팔괘 국기 높히 달아 육대주에 횡행하세.
(합가) 산이 놉고 물이 깁게 우리 마음 맹세하세.

– 이필균, 개화가사 '애국하는 노래'

ǀ 1896년 5월 9일자 '독립신문'에 이필균이 투고한 개화가사 겸 운문이다. 저자는 '조선의 자주독립'을 강조하고 있다. 전체가 6연의 분연체로 구성된 이 개화가사는 4-4조의 4음보 율격 및 1연이 두 개의 행으로 구성된 게 특징이다. 또 눈여겨 볼 점은 이 작품의 저자인 이필균씨는 당시 '학부의 주사를 한 사실 외에 알려진 게 없는 부분이다.

이 개화가사 겸 운문으로 칼럼의 첫 시작을 알리고자 한다. 당시 개화가사가 '계몽을 통한 애국'을 표현하고자 한 것처럼, 본인 또한 칼럼을 통해 문학계에 약소하지만 한 줄기 거름이 되고픈 마음이 있기 때문이다. 아울러 우리가 사는 2020년 9월 현재는 '코로나19 대전환'를 직면했다. 문학으로 고통 받는 국민들을 위로하는데 팔을 걷어보고 싶다.

우태훈의 詩談 · 2

김소월 '초혼'

산산이 부서진 이름이여!
허공 중에 헤어진 이름이여!
불러도 주인 없는 이름이여!
부르다가 내가 죽을 이름이여!

심중에 남아 있는 말 한 마디는

끝끝내 마저 하지 못하였구나.
사랑하던 그 사람이여!
사랑하던 그 사람이여!

붉은 해는 서산마루에 걸리었다.
사슴의 무리도 슬피 운다.
떨어져 나가 앉은 산위에서
나는 그대의 이름을 부르노라.

설움에 겹도록 부르노라.
설움에 겹도록 부르노라.
부르는 소리는 비껴가지만
하늘과 땅 사이가 너무 넓구나.

선 채로 이 자리에 돌이 되어도
부르다가 내가 죽을 이름이여!
사랑하던 그 사람이여!
사랑하던 그 사람이여!

– 김소월, 시 '초혼招魂'

Ⅰ 일제강점기 시절 우리민족의 한과 슬픔을 읊은 '서정시의 대부' 김소월 시인의 시 한편을 소개하고자 한다. 바로 '초혼이다' 초혼은 '현재를 살

아가는 우리들'에게 조금 생소한 단어다. 그도 그럴 것이 우리민족 전통 상례의 한 절차인 고복의식에서 나온 말이기 때문이다. 초혼이란 '사람의 혼이 떠났으나 설움이 간절해 다시 살려내려는 소망'을 함축한 말이다. 김소월 시인은 이 시를 통해 "이름이여" "사람이여" "부르노라"등 망자의 이름을 직접 세 번 부르는 고복의식의 절차를 문학적으로 재현해 문학계의 감탄을 아직도 자아내고 있다.

이 시를 소개한 이유는 최근 필자가 겪은 모친상과 연관이 깊다. 글을 쓰는 지금도 "이름이여" "사람이여" "부르노라" 등 초혼에서 소개된 문장이 머리를 맴돈다. 누구나 사랑하는 이를 떠나보내야 한다면 '초혼'을 겪을 것이다. 그 초혼의 무게를 조금이나마 줄이고자 한다면 어떻게 해야 할까. 지금이라도 사랑하는 이들에게 안부를 묻는 게 출발점이 아닐까 싶다. 이는 이 시를 '현재를 살아가는 우리들'에게 소개하는 또 다른 이유다. 필자는 '모친과의 아련한 추억'을 가슴에 간직한 채 눈앞에 펼쳐진 현실을 묵묵히 살아가고자 한다.

우태훈의 詩談 · 3

한용운 '님의 침묵'

님은 갔습니다. 아아, 사랑하는 나의 님은 갔습니다.

푸른 산빛을 깨치고 단풍나무 숲을 향하여 난 작은 길을 걸어서 차마 떨치고 갔습니다.

황금의 꽃같이 굳고 빛나던 옛 맹세는 차디찬 티끌이 되어서 한숨의 미풍에 날려갔습니다.

날카로운 첫키스의 추억은 나의 운명의 지침을 돌려놓고 뒷걸음쳐서 사라졌습니다.

나는 향기로운 님의 말소리에 귀먹고, 꽃다운 님의 얼굴에 눈멀었습니다.

사랑도 사람의 일이라 만날 때에 미리 떠날 것을 염려하고 경계하지 아니한 것은 아니지만, 이별은 뜻밖의 일이 되고 놀란 가슴은 새로운 슬픔에 터집니다.

그러나 이별을 쓸데없는 눈물의 원천을 만들고 마는 것은 스스로 사랑을 깨치는 것인 줄 아는 까닭에 걷잡을 수 없는 슬픔의 힘을 옮겨서

새 희망의 정수박이에 들이부었습니다.

우리는 만날 때에 떠날 것을 염려하는 것과 같이 떠날 때에 다시 만날 것을 믿습니다.

아아, 님은 갔지마는 나는 님을 보내지 아니하였습니다.

제 곡조를 못 이기는 사랑의 노래는 님의 침묵을 휩싸고 돕니다.

- 한용운, 시 '님의 침묵'

Ⅰ 독립운동가 겸 승려·시인으로 정평이 난 '만해萬海 한용운' 선생의 시 한편을 소개하고자 한다. 바로 '님의 침묵'이다. 필자는 이 시가 한용운 선생의 시세계를 투명하게 보여주는 작품이라고 자신한다. '님을 떠나보내는 여인의 심정'을 잘 표현한 이 시는 일제강점기 시대를 살아간 한 선생의 삶을 우회적으로 표현한 작품이기도 하다. 실제 문학계에서는 이 시에 등장하는 '님'을 '우리나라 조국'으로 해석하는 게 중론이다.

흔히들 '만남이 있으면 이별이 있다'고 얘기한다. 그리고 그 이별이란 것은 찰나에 이뤄지는 게 다반사다. 그만큼 준비하기도, 예측하기도 어렵다. 설령 다가올 이별을 감지하고 준비한다 해도, 이별에는 후회가 남기 마련이다. 이런 가운데 슬픔을 새롭게 찾아올 인연·희망으로 반전시키는 생각전환을 틈틈이 해보는 것은 어떨까. '만남과 이별의 실상'을 깨닫는다면 향후 살아갈 시간을 더 보람되게 보내진 않을까 싶다.

우태훈의 詩談 · 4

우태훈 '한가위 보름달'

'넌 참 예쁘게 생겼구나' 했더니
쌩끗 웃는다.

'송편은 먹었니' 했더니
'회소회소'하며
쌩끗 웃는다.

'넌 몇 살이니' 했더니
'신라 유리왕 9년에 태어났다'며
쌩끗 웃는다.

'넌 이름이 뭐니' 했더니
'가배嘉俳'라며
쌩끗 웃는다.

– 우태훈, 시 '한가위 보름달'

우리나라 대표명절인 추석이 찾아왔다. 고유명절을 맞이하는 기념으로 추석과 연관 깊은 필자의 본작本作 한 편을 소개하고자 한다. 바로 '한기위 보름달'이다. 이 시는 본인이 지난 2013년 12월 출간한 시집 '내 고향 인천광역시' 내 6부에 수록된 시다. 우리나라에 존재하는 수많은 시 가운데 추석과 관련된 시 역시 상당히 많다.

그럼에도 불구하고 필자가 본작을 소개하는 이유는 '추석에 대한 간결한 정보'를 전달하기 위해서다. 실제 국민 중 다수는 '추석'을 떠올릴 때 '길게 쉬는 날'로 받아들이고 넘어가는 경우가 있다. 당장 밖에 있는 아무 사람을 붙잡고 '추석의 유래'를 물어보자. 바로 답하는 이는 드물 것이라고 생각한다. 이는 또 다른 대표명절인 '설날'도 마찬가지일 터다.

본작에는 추석을 상징하는 '송편' 및 '신라 유리왕', '회소회소', '가배' 등 단어들이 사용됐다. 송편은 추석에 먹는 명절 떡으로 정평이 났다. 그리고 삼국사기에 따르면, 신라 제3대 왕인 유리왕은 도읍 안에서 부녀자를 두 패로 나눠 음력 8월 한가위 기간에 두레 삼 삼기를 했다. 유리왕은 이 기간을 가배라 칭했고, 이 과정에서 회소곡이 탄생하기도 했다.

즉 신라시대 때 만들어진 이 가배가 지금의 '추석'이 된 셈이다. 더욱이 한가위는 농경민족인 우리 조상들에 있어서 곡식·과일을 수확하는 시기이자, 덥지도 춥지도 않은 알맞은 가을 계절이 조성돼 풍족한 마음가짐을 만들어줬다는 후문이다. 이를 방증하듯 속담에는 "더도 말고 덜도 말고 한가위만큼만 같아라"라는 말도 존재한다.

이 시를 소개하는 또 다른 이유는 현재 우리가 직면한 코로나19와 연관이 깊다. 코로나 사태로 인해 애석하게도 고향을 찾지 못하는 분들이 즐비할 것이다. 쉽사리 가족들을 만나지 못하는 분들을 조금이나마 위로하며, 한가위에 뜰 보름달을 보면서 추석의 의미를 되새기길 기대해 보고자 '한가위 보름달'을 소개하게 됐다.

우태훈의 詩談 · 5

윤동주 '참회록'

파란 녹이 낀 구리거울 속에
내 얼굴이 남아 있는 것은
어느 왕조王朝의 유물遺物이기에
이다지도 욕될까

나는 나의 참회懺悔의 글을 한 줄에 줄이자
만滿 이십사년 일개월을
무슨 기쁨을 바라 살아왔던가

내일이나 모레나 그 어느 즐거운 날에
나는 또 한줄의 참회록懺悔錄을 써야 한다.
그때 그 젊은 나이에

왜 그런 부끄런 고백告白을 했던가

밤이면 밤마다 나의 거울을
손바닥으로 발바닥으로 닦아 보자.

그러면 어느 운석隕石밑으로 홀로 걸어가는
슬픈 사람의 뒷모양이
거울 속에 나타나온다.

– 윤동주, 시 '참회록'

Ⅰ 일제강점기 시절 '조국의 현실을 가슴 아프게 고민하던 철인哲人'으로 정평이 난 윤동주 시인의 시 한편을 소개하고자 한다. 바로 '참회록'이다. 이 시는 윤 시인이 창씨개명을 하기 닷새 전에 지은 작품으로 정평이 났다. 나라를 잃은 백성으로서의 부끄러움, 반성과 성찰 등이 작품을 구성하고 있다.

이 시를 소개하는 이유는 이렇다. 후회를 할 때 우리는 어떻게 성찰하고 나아갈 것인지 고민하기 위해서다. 주된 예로 우리나라의 역사가 그렇다. 정치지도자들의 잘못된 판단으로 인해 크나큰 손해를 입는 경우가 다반사였다. 그뿐인가. 과거 고구려 땅이던 만주 벌판이 통째로 당나라에 넘어간 것은 또 어떻게 봐야 하는가.

'역사는 반복된다'고 했던가. 현재 우리나라는 과거 고구려처럼 언제 어디서 어떻게 주변 강대국들에게 코를 베일지 모른다. 중국의 동북공정 및 일본의 독도 영유권 주장 등 움직임이 이를 방증한다. 이런 상황에서 현명한 지혜를 발휘하지 못한다면 불행한 역사가 반복될 것이다. 후손들에게도 상당한 원성을 살 것이다.

그래선지 최근 구설수에 오른 '우리 외교수장 남편의 요트여행'은 바라보는 이들로 하여금 한숨을 유발하고 있다. 정부가 코로나 확산 상황을 고려해 해외여행 자제를 권고하는 상황에서 발행한 사건이기에 더더욱 씁쓸한 것 같다. "밤이면 밤마다 나의 거울을 손바닥으로 발바닥으로 닦아 보자"는 윤 시인의 참회록이 유독 구슬프게 들린다.

우태훈의 詩談 · 6

우태훈 '미륵반가사유상과의 대화'

얼마나 힘들었느냐
석 달 열흘을 장고에 장고를
거듭한 끝에
고뇌에 찬 결단을 하였구나

비록 그 길이 힘들고 험난할지라도

반드시 가야만 하는 길이었지
깨달음을 얻고자
뜻을 세우고 출가를 하였지

얼마나 아름다우냐
홍운돈월법
아름답고 신비롭구나
지혜의 빛이 세상을 비추고 있구나

- 우태훈, 시 '미륵반가사유상과의 대화'

❙ 필자의 등단 초기 작품인 '미륵반가사유상과의 대화'를 소개하고자 한다. 이 시는 본인이 지난 2012년 2월 출간한 시집 '겨울바다'에 수록됐다. 반가사유상은 많은 이들이 알고 있듯 '부처님이 오른발을 왼쪽 무릎 위에 올려놓고 손을 받치는 모습의 상'이다. 이 자세에서 생각에 잠긴 부처님은 '누구나 태어날 때부터 고통을 직면하는 인간사에 대한 번뇌'를 수차례 고찰했다고 한다. 우리 인간사를 잘 보여줘서일까. 이 상은 우리나라 국보에도 이름을 올렸다.

우리는 모두 한 번 뿐인 소중한 삶을 각자의 방향에 맞춰 살아가고 있다. 안타깝게도 이 과정에서 숱한 고통 및 번뇌를 직면하게 된다. 필자 또한 포괄적인 행복과 웃음을 겪었지만, 이에 못지않게 수차례 고통과 번뇌를 직면해야 했다. 아마도 우리의 삶이 매순간 '선택의 기로'에 놓이기 때문인 것 같다. 프랑스의 철학자인 장 폴 사르트르는 "인생은 BCD"라고 정의하지 않았나. 여기서 BCD는 각각 '탄생(Birth)', '선택(Choice)', '죽음(Death)'을 뜻한다.

이렇듯 선택에 대한 고민을 잘 보여주는 반가상은 많은 이들의 공감을 샀을 터다. 필자도 한 때 반가상의 모습으로 '직장에 대한 생각'에 잠긴 적이 있다. 당시 국가의 녹을 받고 있었지만, 더 높은 곳으로 비상하기 위해 내적 몸부림을 갈망했다. 그땐 자세히 느끼지 못했다. 더 높은 곳을 오르려면 상응하는 고통이 따르는 법을. 주사위는 던져졌고 선승이 깨달음을 향해 정진하듯 오로지 깨달음 하나를 얻고자 모든 것을 포기해야만 했다.

본인은 내적 몸부림에 대한 깨달음을 40년의 세월이 흘러서야 구체적으로 이해하게 됐다. 어쩌면 아직도 깨달음에 대한 정의를 형상화할 뿐 제대로 본질을 이해하지 못한 것일 수도 있다. 반가상에 대한 글을 쓰는 지금, 문득 지난 2000년대 두 아들과 지리산 종주길에 오르면서 떠오른 "오늘 여기에 살다" 한마디가 뇌리를 스친다. 혼탁하고 유혹이 가득한 세상을 살아가는 우리들이여. 매 순간 선택의 순간을 직면하는 우리들이여.

"오늘 여기에 살면서 무슨 생각을 하는가."

우태훈의 詩談 · 7

이형기 '낙화'

가야 할 때가 언제인가를
분명히 알고 가는 이의
뒷모습은 얼마나 아름다운가.

봄 한철
격정을 인내한
나의 사랑이 지고 있다.

분분한 낙화
결별이 이룩하는 축복에 싸여
지금은 가야 할 때.

무성한 녹음과 그리고
머지않아 열매 맺는
가을을 향하여
나의 청춘은 꽃답게 죽는다.

헤어지자
섬세한 손길을 흔들며
하롱하롱 꽃잎이 지는 어느 날.

나의 사랑, 나의 결별
샘터에 물 고인 듯 성숙하는
내 영혼의 슬픈 눈.

– 이형기, 시 '낙화'

❙ '기자'로도 활약했고 '평론가'로도 활약했던, '진주가 낳은 문학가' 이형기 시인의 시 한편을 소개하고자 한다. 바로 '낙화'다. 이 시는 1963년 그의 첫 번째 시집인 '적막강산'을 통해 세상에 등장했다. 작품은 전반적으로 결별 뒤 고독을 담담히 해설함은 물론, 떠나야 할 때 떠나야 함을 아름답게 구현했다. 특히 꽃이 피고 지는 자연의 순환을 '인간의 사랑과 이별' 관점과 엮어서 서술한 점은 많은 이들의 찬사를 자아낸다.

그래선지 시의 첫 구절인 "가야 할 때가 언제인가를 분명히 알고 가는 이의 뒷모습은 얼마나 아름다운가"와 시의 네 번째 구절인 "머지않아 열매 맺는 가을을 향하여 나의 청춘은 꽃답게 죽는다"는 여러 번 읽어도 여운이 오래 머문다. 저자는 자연의 순리대로 만남의 행보 역시 그 순리를 따르는 게 아름다운 것임을 말하고자 했다. 달리 보면 그 순리를 받아들이는 길, 그 이외의 길은 없음을 설명하는 것이기도 하다.

자연의 순리를 받아들일 때 우리는 성숙한 사람으로 거듭난다. 최선을 다한 사랑엔 이별이 두렵지 않을 것. 그리고 이별 또한 사랑의 연장선에서 묵묵히 받아들일 터. 가을이 조심스레 찾아온 10월. 길가에 떨어지는 낙화를 보면서 그간의 삶을 돌아보는 것은 어떨까. 우리는 조금 더 성숙해지지 않을까.

우태훈의 詩談 · 8

이상화 '나의 침실로'

마돈나, 지금은 밤도 모든 목거지에 다니노라, 피곤하여 돌아가련도다.
아, 너도 먼동이 트기 전으로 수밀도의 네 가슴에 이슬이 맺도록 달려오너라.

마돈나, 오려무나. 네 집에서 눈으로 유전하던 진주는 다 두고 몸만 오너라.
빨리 가자. 우리는 밝음이 오면 어딘지 모르게 숨는 두 별이어라.

마돈나, 구석지고도 어둔 마음의 거리에서 나는 두려워 떨며 기다리노라.
아, 어느덧 첫닭이 울고- 뭇 개가 짖도다. 나의 아씨여, 너도 듣느냐.

마돈나, 지난 밤이 새도록 내 손수 닦아 둔 침실로 가자 침실로!
낡은 달은 빠지려는데 내 귀가 듣는 발자국- 오 너의 것이냐?

마돈나, 짧은 심지를 더우잡고 눈물도 없이 하소연하는 내 마음의 촛불을 봐라.
양털 같은 바람결에도 질식이 되어 얄푸른 연기로 꺼지려는도다.

마돈나, 오너라. 가자. 앞산 그리매가 도깨비처럼 발도 없이 가까이 오도다.
아, 행여나 누가 볼는지- 가슴이 뛰누나. 나의 아씨여, 너를 부른다.

마돈나, 날이 새련다. 빨리 오려무나. 사원의 쇠북이 우리를 비웃기 전에
네 손이 내 목을 안아라. 우리도 이 밤과 같이 오랜 나라로 가고 말자.

마돈나, 뉘우침과 두려움의 외나무다리 건너 있는 내 침실 열 이도 없느니
아, 바람이 불도다. 그와 같이 가볍게 오려무나. 나의 아씨여, 네가 오느냐?

마돈나, 가엾어라. 나는 미치고 말았는가. 없는 소리를 내 귀가 들음은-
내 몸에 피란 피- 가슴의 샘이 말라 버린 듯 마음과 몸이 타려는도다.

마돈나, 언젠들 안 갈 수 있으랴. 갈 테면 우리가 가자. 끄을려 가지 말고

너는 내 말을 믿는 마리아- 내 침실이 부활의 동굴임을 네야 알련만…

마돈나, 밤이 주는 꿈, 우리가 엮는 꿈, 사람이 안고 궁구는 목숨의 꿈이 다르지 않느니

아, 어린애 가슴처럼 세월 모르는 나의 침실로 가자. 아름답고 오랜 거기로.

마돈나, 별들의 웃음도 흐려지려 하고 어둔 밤 물결도 잦아지려는 도다.

아, 안개가 사라지기 전으로 네가 와야지. 나의 아씨여, 너를 부른다.

– 이상화, 시 '나의 침실로'

I 일제강점기 시절 독립운동을 주도했던 이상화 시인의 시 한편을 소개하고자 한다. 바로 '나의 침실로'다. 이 작품은 이 시인 1923년 '백조白潮지'에 발표한 시로, '빼앗긴 들에도 봄은 오는가'와 함께 시인의 대표작으로 꼽힌다. 문학계에서는 이 작품에 대해 '식민지 현실에 대한 심리적 도피처로 삼았던 밀실' 및 '죽음을 바라보는 관념'을 통찰했다고 입을 모은다.

이 시인은 작품에서 '마돈나'를 연속적으로 표현함으로써, 만남에 대한 간절함을 드러내고 있다. 여기서 만남은 '광복'을 의미한다는 게 중론

이다. 만남 및 광복을 그리워하고 있지만 서둘러 오지 않는 '마돈나'로 인해 초조함을 보여주고 있기도 하다. '마돈나'로 하여금 희망을 그리는 표현이 탁월했던 작품이라고 본다.

현 시대를 살아가는 우리 역시, 개개인별로 그리워하는 '마돈나'가 존재할 것이다. 마돈나를 만난 이도 있고, 아직 만나지 못한 이도 있을 터.

"당신은 마돈나를 만난 적이 있는가."

우태훈의 詩談 · 9

루 살로메 '삶의 기원'

정녕 벗이 벗을 사랑하듯이
나 너를 사랑하노라 수수께끼의 삶이여.

내가 네 가슴 속에서 기뻐하고 울고
네가 내게 보는 기쁨을 주는데도 나는 네 행복도 불행도 사랑한다.

네가 나를 파멸시키는 일이 있어도
벗이 벗을 품에서 떠날 수 없듯이 나는 네 팔을 뿌리칠 수 없어라.

나는 너를 힘껏 끌어안는다.
네 불꽃으로 내 정신을 태워라.

그리고 투쟁의 대결 속에서
네 실제 수수께끼를 풀게 해다오.

수천년 삶을 생각하는 것으로
나는 네 팔에 몸을 던져라.

네가 내게 더 이상 행복을 줄 수 없다 해도 그래도 좋다
너는 내게 계속하여 네 고통을 보내 줄 것이다.

- 루 살로메, 시 '삶의 기원'

| 시담 칼럼을 쓰면서 처음으로 서양 시인의 시 한 편을 소개하고자 한다. 바로 루 살로메 시인의 '삶의 기원'이다. 1861년 러시아 상트페테르부르크에서 태어난 루 살로메 시인은 독일로 건너가 작가이자 정신분석학자로 이름을 떨쳤다. 그녀는 또 당대 저명한 작가이자 심리학자인 니체와 릴케, 프로이트와 연관이 깊은 인물이기도 했다. 역사학자들은 그녀를 '당대 지식인들의 프리마돈나'라고 지칭했다. 작품을 만드는 능력만큼 아름다운 외모의 소유자였던 것 같다.

이번에 소개하는 그녀의 작품 '삶의 기원'도 매우 아름다운 단어들이

연속적으로 들어간 흥미로운 작품이다. 특히 "내가 네 가슴 속에서 기뻐하고 울고 네가 내게 보는 기쁨을 주는데도 나는 네 행복도 불행도 사랑한다"는 작품 속 한 줄은 상대방 가슴 깊은 곳에서 희노애락을 함께 하겠다는 필자의 의도가 고스란히 묻어있다. 인연을 향한 열정은 그녀에게만 한정된 것은 아니다. 한 사람을 진실로 사랑한다면 목숨이 진정 아깝겠나.

누군가를 진정으로 뜨겁게 사랑한다는 것은 인생을 살아가는 하나의 큰 순간이라고 생각한다. 마치 우주의 시작을 알리는 '빅뱅'과 같다고도 본다. 이 시를 소개하는 또 다른 이유는 1981년 9월3일 밤 11시쯤 MBC의 한 라디오 프로그램을 청취할 때다. 당시 이모씨는 이 시를 독자들에게 추천했다. 그때 이씨는 "어떤 삶도 사랑하고픈 큰 설레임으로 일렁일 것"이라고 밝혔다. 문뜩 그때의 기억이 현 시점에서 떠올라 독자들에게도 공유하게 됐다.

우태훈의 詩談 · 10

릴케 '내 눈을 감기세요'

내 눈을 감기세요, 그래도 나는 당신을 볼 수 있습니다.
내 귀를 막으세요, 그래도 나는 당신 말을 들을 수 있습니다.
발이 없어도 당신에게 갈 수 있고, 입이 없어도 당신을 부를 수 있습니다.

내 팔을 꺾으세요, 나는 당신을 내 마음으로 잡을 것입니다.
내 심장을 멈추게 하세요, 그러면 내 머리가 고동칠 것입니다.
당신이 내 머리에 불을 지르면 그때는 내 핏 속에서 당신을 실어 나를 것입니다.

- 라이너 마리아 릴케, 시 '내 눈을 감기세요'

Ⅰ 지난 9화차 칼럼에 이어 이번에도 서양 시인의 시 한편을 소개하고자 한다. 지난 칼럼의 주인공이던 루 살로메와 깊은 인연을 가지고 있는 라이너 마리아 릴케 시인의 '내 눈을 감기세요'다. 독일의 유명한 시인인 릴케는 1875년 체코 프라하에서 태어나 '오르페우스에게 바치는 소네트'를 비롯한 다수의 명작을 만들면서 국제적인 명성을 확보한다.

프라하에서 태어난 릴케가 독일의 유명한 문학가가 된 데 대해 많은 이들은 궁금할 것이다. 실제 문학계에서도 '오스트리아·헝가리 황실의 직할지'인 보헤미아의 수도 프라하에서 독일어를 사용하는 소수민족 가정에서 태어난 릴케가 불우한 환경을 딛고 오늘날 국제사회에서 가장 많이 주목하는 시인 겸 문학인이 된 데 대해 "놀라운 일"이라고 입을 모으고 있다.

우선 릴케는 유년시절을 육군학교에서 보내게 된다. 이후 릴케는 육

군고등실과학교를 중퇴하고, 백부의 후원으로 인문고등학교 졸업시험에 합격한 후 1895년 겨울학기부터 프라하대학교에서 문학, 역사, 미술, 법학 등을 공부하게 된다. 릴케가 본격적으로 문학의 길을 걷게 된 것은 뮌헨대학교에서 루 살로메를 만나면서다. 릴케보다 14살 연상이던 루는 릴케에게 러시아어를 알려줬고, 러시아의 문호 톨스토이와의 만남 등을 주선했다. 이때 릴케는 3부작 시집인 '시도집'을 펴내는데 이는 러시아 여행에서 얻은 체험의 소산이라고 한다. 아울러 이 시기에 쓴 장시 '코르넷 크리스토프 릴케의 사랑과 죽음의 노래(1906년)'는 첫 출간 후 인젤문고 제1호로 발간되어 베스트셀러가 되기도 했다.

설명이 길었다. 이처럼 릴케가 유명한 시인 겸 문학가로 발돋움한 계기는 전편 칼럼의 주인공인 루 살로메의 영향이 상당했다. 이번에 소개하는 작품 '내 눈을 감기세요'도 루를 향한 자신의 마음을 표현한 것으로 풀이할 수 있다. 시를 살펴보면 루를 향한 릴케의 애절한 마음이 잘 녹아있다. 이인동심이면 기리단금이라고 한다. 즉 두 사람이 뜻이 하나라면 쇠도 끊는다는 말인데, 위 작품은 그러한 뜻을 잘 표현했다고 자부한다.

올해의 11월은 작년의 11월과 큰 차이가 있다고 생각한다. 바로 추위가 빠르게 찾아온 점이다. 갑작스런 추위가 찾아온 현재, 릴케의 정열적인 시를 감상하는 것은 어떨까. 마음의 온도는 여름과도 같을 것이라 생각한다.

우태훈의 詩談 · 11

유치환 '행복'

사랑하는 것은
사랑을 받느니보다 행복하나니라
오늘도 나는
에메랄드빛 하늘이 환히 내다뵈는
우체국 창문 앞에 와서 너에게 편지를 쓴다.

행길을 향한 문으로 숱한 사람들이
제각기 한 가지씩 생각에 족한 얼굴로 와선
총총히 우표를 사고 전보지를 받고
먼 고향으로 또는 그리운 사람께로
슬프고 즐겁고 다정한 사연들을 보내나니

세상의 고달픈 바람결에 시달리고 나부끼어
더욱더 의지 삼고 피어 헝클어진
인정의 꽃밭에서 너와 나의 애틋한 연분도
한 망울 연연한 진홍빛 양귀비꽃인지도 모른다

사랑하는 것은 사랑을 받느니보다 행복하나니라
오늘도 나는 너에게 편지를 쓰나니
그리운 이여 그러면 안녕!

설령 이것이 이 세상 마지막 인사가 될지라도
사랑하였으므로 나는 진정 행복하였네라

– 유치환, 시 '행복'

Ⅰ 코로나 시국으로 국민들은 작년부터 지금까지 어려움을 겪고 있다. 시기가 시기인 만큼 국민들에게 힘을 줄 수 있는 시가 또 어떤 게 있을까 고민했다. 그 결과, 유치환 시인의 작품인 '행복'에 눈에 들어왔다. 행복을 비롯해 유 시인의 다수 작품들을 살펴보면, 생명에 대한 열정을 강렬한 어조로 부각하는 특징이 있다. 그중에서도 유 시인의 행복은 다른 작품들보다 그 어조가 강하다. 이는 필자가 국민들에게 이 작품을 소개한 가장 큰 이유다.

더욱이 유 시인은 사랑을 받는 것보다 사랑을 주는 데에서 '진정한 행복의 가치'를 찾을 수 있다는 주장을 반복적으로 제시한다. 이는 작가가 사랑 및 관계 속에서 '양보'를 부각시킨 것으로도 풀이된다. 양보를 통한 인관관계는 당사자들간의 끈을 단단히 엮을 수 있음을 설명한 것이기도 하다.

유 시인은 또 각각의 사람들은 자신이 사랑하는 대상에게 편지를 쓰려는 욕구가 있음을 설명했다. 이는 어려운 세상살이에 그리운 사람이란 존재가 커다란 의지가 될 수 있음으로 해석된다. 고달픈 오늘을 살아가는 현재 떠오르는 사람이 있다면 안부를 물어보는 것은 어떨까 생각한다. 소소한 행복이, 소소한 인연이 찾아오지 않을까.

"나 역시 너에게 힘을 주고 용기를 주고 희망을 준다면 이 편지가 마지막이 될지라도 인생에서 후회는 없을 것만 같다."

우태훈의 詩談 · 12

이형기 '대竹'

대밭에 쭉쭉 '대竹'가 솟아 있다.
날카롭게 일직선으로 위로만 뻗은 키,
곧은 마디 마디.

왕조시대에 민란에 앞장선
원통한 분노,
분노가 죽창으로 꽂혀 있는 '대竹'.

다시 보면 여름에도 차가운 감촉,
군살 하나 없이 온몸으로
팽팽한 긴장감이 하늘에 닿아 있다.

혼자 있거나 무리지어 있거나

시퍼렇게 날이 서 있는 '대竹',
밤중에도 꼿꼿하게 서서 잠잔다.

깨뜨려도 부서지지 않고
대쪽이 되는 '대竹'.

꽃은 피우지 않는다.
꽃 피면 죽는 개화병,
격렬한 사라짐이 있을 뿐이다.

– 이형기, 시 '대竹'

ǀ '기자'로도 활약했고 '평론가'로도 활약했던, '진주가 낳은 문학가' 이형기 시인의 시 한편을 '또' 소개하고자 한다. 필자는 지난달 19일 7차 칼럼에서 이 시인의 '낙화'를 소개한 바다. 하지만 이 시인의 시는 '낙화'뿐 아니라, 소개하고픈 시들이 너무 많았다. 따라서 이 시인의 또 다른 작품인 '대竹'를 이번 칼럼을 통해 독자들에게 공유하고자 한다.

이번 시의 제목인 '대'는 우리사회 곳곳에서 묵묵히 자신의 일을 하는 '민초民草'들을 상징하는 것으로 필자는 해석했다. 이러한 해석에는 "왕조시대에 민란에 앞장선 원통한 분노, 분노가 죽창으로 꽂혀 있는 '대竹'" 라는 대목이 한 몫 했다. 이번 시는 군사적 사기를 진작시키는 모습도 담고 있다. 몸이 무너진다 해도 대쪽으로 남아서 끝까지 항전하는 불굴의 정신이 시에 함축된 느낌을 받았다. 대인이라면 목에 칼이 들어와도 할 말은 하는 게 불굴의 지조가 아닌가. 그런 느낌을 확실하게 주는 게 이 시의 매력이 아닐까 싶다.

끝으로 '역동易東' 우탁(禹倬, 고려 후기 유학자) 선생의 한 구절로 이 시의 해석을 대신하고자 한다. 우탁 선생은 과거 "독립불구獨立不懼 둔세무민遯世無悶"이란 말을 했다. 이 말은 '홀로 서서도 두려워하지 않고 은둔해서도 번민하지 않는다'는 뜻을 지녔다. 이 시인의 '대' 역시 이를 잘 표현한 시라고 자부한다.

우태훈의 詩談 · 13

소식蘇軾 '후석고가後石鼓歌'

冬十二月歲辛丑(동십이월세신축) 我初從政見魯叟(아초종정견노수) /
舊聞石鼓今見之(구문석고금견지) 文字鬱律蛟蛇走(문자울률교사주)

細觀初以指畫肚(세관초이지화두) 欲讀嗟如箝在口(욕독차여겸재구) /
韓公好古生已遲(한공호고생이지) 我今況又百年後(아금황우백년후)

強尋偏旁推點畫(강심편방추점화) 時得一二遺八九(시득일이유팔구) /
我車旣攻馬亦同(아거기공마역동) 其魚維鱮貫之柳(기어유서관지류)

古器縱橫猶識鼎(고기종횡유식정) 衆星錯落僅名斗(중성착낙근명두)
/ 模糊半已隱瘢胝(모호반이은반지) 詰曲猶能辯跟肘(힐곡유능변근주)

娟娟缺月隱雲霧(연연결월은운무) 濯濯嘉禾秀稂莠(탁탁가화수랑유)
/ 漂流百戰偶然存(표류백전우연존) 獨立千載誰與友(독립천재수여우)

上追軒頡相唯諾(상추헌힐상유낙) 下挹冰斯同鷇縠(하읍빙사동구누)
/ 憶昔周宣歌鴻雁(억석주선가홍안) 當時籀史變蝌蚪(당시주사변과두)

厭亂人方思聖賢(염난인방사성현) 中興天爲生者考(중흥천위생기구) /
東征徐虜闞虓虎(동정서노감효호) 北伐犬戎隨指嗾(배벌견융수지주)

象胥雜遝貢狼鹿(상서잡답공낭녹) 方召聯翩賜圭卣(방소련편사규유)
/ 遂因鼓鼙思將帥(수인고비사장수) 豈爲考擊煩矇瞍(개위고격번몽수)

何人作頌比嵩高(하인작송비숭고) 萬古斯文齊岣嶁(만고사문제구루) /
勳勞至大不矜伐(훈노지대부긍벌) 文武未遣猶忠厚(문무미견유충후)

欲尋年歲無甲乙(욕심년세무갑을) 豈有名字記誰某(개유명자기수모)
/ 自從周衰更七國(자종주쇠경칠국) 意使秦人有九有(의사진인유구유)

掃除詩書誦法律(소제시서송법률) 投棄俎豆陳鞭杻(투기조두진편뉴) /
當年何人佐祖龍(당년하인좌조룡), 上蔡公子牽黃狗(상채공자견황구)

登山刻石頌功烈(등산각석송공렬) 後者無繼前無偶(후자무계전무우) /
皆云皇帝巡四國(개운황제순사국) 烹滅強暴救黔首(팽멸강포구검수)

六經既以委灰塵(육경기이위회진) 此鼓亦當遭擊剖(차고역당조격부) /
傳聞九鼎淪泗上(전문구정륜사상) 欲使萬夫沉水取(욕사만부침수취)

暴君縱欲窮人力(폭군종욕궁인력) 神物義不汙秦垢(신물의불오진구)
/ 是時石鼓無處避(시시석고하처피) 無乃天工令鬼守(무내천공령귀수)

興亡百變物自閑(흥망백변물자한) 富貴一朝名不朽(부귀일조명불후) /
細思物理坐歎息(세사물리좌탄식) 人生安得如汝壽(인생안득여여수)

– 소식蘇軾, 시 '후석고가後石鼓歌'

Ⅰ 이번 칼럼에서는 과거 중국 북송의 시인이자 정치가로 정평이 난 소식蘇軾의 작품을 소개하고자 한다. 이 길고도 긴 작품은 소식 선생의 후석고가後石鼓歌란 시다. 우선 소식의 자는 자첨子瞻, 호는 동파東坡다. 우리나라에서는 소식이라는 이름보다 소동파로 더 잘 알려진 인물이다. 그는 그의 아버지 소순 및 동생 소철과 함께, '당송팔대가唐宋八大家'로도 통했다. 당송팔대가는 중국 당나라의 한유韓愈·유종원柳宗元, 송나라의 구양수歐陽修·소순蘇洵·소식蘇軾·소철蘇轍·증공曾鞏·왕안석王安石 등 8명의 산문작가를 총칭하는 말이다.

후석고가에 등장하는 '석고'는 주나라 선왕 때 주나라 개국임금 문왕 및 무왕의 치적을 적은 글로 추정된다. 석고가는 하나라 우왕의 치적을 기록한 구루비문과 견줄 만큼 훌륭한 작품임을 소식은 설명한 것으로 보인다. 이 작품에 대해 명나라 양신 선생이 해석한 적이 있다고 한다. 양신 선생은 "부귀는 한 순간이지만 이름은 영원히 썩지 않는 것처럼 신우비 또한 영원할 것"이라며 "천하대장부로 세상에 태어나서 인류를 위해 훌륭한 일을 해서 청사에 이름이 남아야 한다"고 했다.

필자는 후석고가를 통해 양신 선생 해석에 절반 이상 동의한다. 여기에 또 하나의 해석을 더하자면 조선 후기 숙종 때 김만중 선생이 쓴 고대소설인 '구운몽'이 후석고가와 유사한 게 아닌가 싶다. 소식 선생은 후석고가 마지막 문단에 "자세히 사물의 이치 생각하며 앉아서 탄식하니, 인생이 어쩌면 이 석고石鼓처럼 영원히 남을 수 있겠나"라고 끝을 맺었다. 여기서 구운몽에서 다뤄지는 '일장춘몽一場春夢'의 느낌을 후석고가에서 받을 수 있었다. 일장춘몽은 한바탕의 꿈이라는 뜻이다.

필자의 해석과 양신 선생의 해석을 더해보면 이렇다. 구운몽에서도 성진 스님은 양소유가 되어 부귀를 누린다. 이처럼 모든 사람은 세상에 태어난 순간, 인류를 위해 훌륭한 일을 해서 이름을 빛내는 목표를 가져야 한다는 것이다. 이 경우, 일장춘몽의 상황이 인생의 마지막이라고 해도, 그 마지막이 씁쓸하지 않을 것이다.

우태훈의 詩談·14-1

도연명陶淵明 '도화원기 서문桃花源記 序文'

晉太元中 武陵人捕魚爲業 緣溪行 忘路之遠近 忽逢桃花林.
(진태원중 무릉인포어위업 연계행 망로지원근 홀달도화림)

夾岸數百步 中無雜樹 芳草鮮美 落英繽紛.
(협안수백보 중무잡수 방초선미 낙영빈분)

漁人甚異之 復前行 欲窮其林. 林盡水源便得一山. 山有小口 髣髴若有光. 便舍船從口入.
(어인심이지 부전행 욕궁기림. 임진수원편득일산. 산유소구 방불약유광. 편사선종구입)

初極狹 纔通人 復行數十步 豁然開良.
(초극협 재통인 부행수십보 활연개량)

土地平曠 屋舍儼然 有良田美池桑竹之屬. 阡陌交通 鷄犬相聞.
(토지평광 옥사엄연 유량전미지상죽지속. 천맥교통 계견상문)

其中往來種作男女衣著 悉如外人 黃髮垂髫 竝怡然自樂.
(기중왕래종작남여의저 실여외인 황발수초 병이연자락)

見漁人 乃大驚 問所從來 具答之 便要還家 設酒殺鷄作食.
(견어인 내대경 문소종래 구답지 편요환가 설주살계작식)

自云: 先世避秦大亂 率妻子邑人來此絶境不復出焉 遂與外人間隔.
(자운: 선세피진대란 솔처자읍인래차절경불부출언 수여외인간격)

問今世何世乃不知有漢 無論魏晉. 此人一爲具言 所聞皆歎惋.
(문금세하세내부지유한 무론위진. 차인일위구언 소문개탄완)

餘人各復延至其家 皆出酒食. 停數日 辭去. 此中人語云: 不足爲外人道也.
(여인각부연지기가 개출주식. 정수일 사거. 차중인어운: 부족위외인도야)

既出 得其船 便扶向路 處處誌之. 及郡下 詣太守 說如此.
(기출 득기선 편부향로 처처지지. 급군하 예태수 설여차)

太守卽遣人隨其往 尋向所誌 遂迷不復得路.
(태수즉견인수기왕 심향소지 수미불부득로)

南陽劉子驥 高尙士也. 聞之 欣然規往. 未果 尋病終. 後遂無問津者.
(남양유자기 고상사야. 문지 흔연규왕. 미과 심병종. 후수무문진자)

– 도연명陶淵明, 시 '도화원기 서문桃花源記 序文'

❙ 이번 칼럼에서도 과거 중국 시인의 시를 소개하고자 한다. 전편에 등장한 '소식蘇軾'과 비교해도 손색이 없는, '중국의 문호'로 불리는 '도연명陶淵明' 시인의 '도화원기桃花源記'다. 도화원기는 보통 서문과 본문으로 구분된다. 따라서 이번 칼럼 역시 서문과 본문으로 구분하고자 한다. 우선 도연명 시인은 위진남북조 시대 때 태어난 사람으로, 그는 동진 말에서 초기 송나라 시기를 산 사람이다. 그는 어려서부터 책 읽기를 좋아했고, 도교 및 불교에 많은 관심을 기울였다고 한다. 그는 자유로운 성품을 지니기도 했는데, 그러한 그의 성품은 관직사회와 궤를 달리했던 것 같다. 그래선지 그는 일찍이 관직에서 물러나 자연을 벗으로 살았다. 이번에 소개하는 그의 시 '도화원기' 역시 그가 관직을 내려놓고 '이상향'을 노래하는 쪽으로 초점이 맞춰졌다는 게 문학계의 중론이다.

도연명 시인이 이상향을 노래한 작품이라는 도화원기는 현실을 살아가는 우리의 시선을 사로잡을 매개체라고 생각한다. 현재 우리는 무서운 전염병을 퍼트리는 코로나 시대를 살아가고 있다. 이런 시대에서는 누구나 이상향을 노래하고픈 욕망이 있다. 이는 도화원기를 소개하는 이유이기도 하다. 도 시인이 쓴 도화원기와 현 시대를 살아가는 우리의 하소연은 비슷한 점이 꽤 많다. 도 시인은 당시 관리사회의 혼탁함에 염증을 느꼈다고 한다. 현 시대를 살아가는 우리 역시, 코로나 공포 및 계층간 빈부격차에 염증을 느끼고 있다. 도화원기 도입부인 "진태원중 무릉인 포어위업 연계행 망로지원근 홀달도화림"은 과거에도 그랬고 현재도 마찬가지인 '사회적 문제에서의 회피하고픈 욕구'를 잘 담아냈다. 도입부의 뜻은 어부를 업으로 삼은 진나라 사람이 어느 날 물고기를 잡으러 나갔다가 홀연히 '복숭아꽃 가득한 숲'을 발견했다는 내용이다.

아울러 도 시인은 이 이상향은 현실에서는 나타나지 않음도 명확하게 설명했다. 이는 시의 마지막 부문 문단에서 잘 소개된다. 마지막 부분의 "기출 득기선 편부향로 처처지지. 급군하 예태수 설여차" 및 "태수즉견인수기왕 심향소지 수미불부득로"라는 글이 있다. 이는 '어부가 복숭아꽃 가득한 숲을 나오면서 여러 군데 표식을 했고 현실로 돌아와 사람들에게 알렸으나 그 숲을 사람들이 찾지 못했다'는 뜻이다. 도 시인의 도화원기와 비슷한 작품이 서양에서도 존재한다. 서양 중세시대 때를 살았던 '단테 알리기에리'의 '신곡'이 그렇다. 이 작품은 단테 본인이 지옥 및 천국 등을 여행하는 것을 골자로 하고 있다. 이 작품에서도 단테의 여행은 이상향에서만 이뤄질 뿐, 현실에서는 이뤄지지 않음이 나타난다. 누구나 이상향을 꿈꿀 것이다.

도 시인의 도화원기를 살펴보면서 한 가지 궁금한 게 생겼다. 바로 현실을 살아가는 우리는 과거에 살았던 인물들과 차이가 있다면 무엇일까, 하는 궁금증이다. 필자는 이렇게 생각한다. 그 차이는 '이상향을 현실에서도 재현할 힘'이라고. 그리고 묻고 싶다.

"당신은 지금 그 무한한 힘을 느끼고 있는가."

우태훈의 詩談·14-2

도연명陶淵明 '도화원기 본문桃花源記 本文'

嬴氏亂天紀 賢者避其世(영씨난천기 현자피기세) / 黃綺之商山 伊人亦云逝(황기지상산 이인역운서)

往迹浸復湮 來逕遂蕪廢(왕적침복인 내경수무폐) / 相命肆農耕 日入從所憩(상명사농경 일입종소게)

桑竹垂餘蔭 菽稷隨時藝(상죽수여음 숙직수시예) / 春蠶收長絲 秋熟靡王稅(춘잠수장사 추숙미왕세)

荒路曖交通 鷄犬互鳴吠(황로애교통 계견호명폐) / 俎豆猶古法 衣裳無新製(조두유고법 의상무신제)

童孺縱行歌 斑白歡游詣(동유종행가 반백환유예) / 草榮識節和 木衰知風厲(초영식절화 목쇠지풍려)

雖無紀歷志 四時自成歲(수무기력지 사시자성세) / 怡然有餘樂 于何勞智慧(이연유여락 우하노지혜)

奇蹤隱五百 一朝敞神界(기종은오백 일조창신계) / 淳薄旣異源 旋復還幽蔽(순박기이원 선부환유폐)

借問游方士 焉測塵囂外(차문유방사 언축진효외) / 願言躡輕風 高擧尋吾契(원언섭경풍 고거심오계)

– 도연명陶淵明, 시 '도화원기 본문桃花源記 本文'

전 칼럼에서 '도연명陶淵明' 시인의 '도화원기桃花源記' 서문을 다뤘다. 이에 이번 편에서는 본문을 다뤄보고자 한다. 도화원기의 본문 역시 서문과 마찬가지로 관직사회의 이면을 다루고 있다. 본문에서는 서문보다 그 이면이 더욱 적나라하게 설명된다. 본문 첫 문단인 "영씨난천기 현자피기세, 황기지상산 이인역운서"가 이를 방증한다. 이는 진나라 황제 영의 권력남용으로 나라의 질서가 엉망이 됐음을 다뤘다. 그뿐인가. 이러한 권력남용은 현명한 인재들을 죽음으로 내몰았다고 도 시인은 설명했다. 그 권력남용이 얼마나 심각한지 죽음을 피한 인재들은 산 속으로 도망쳤다고 한다.

권력남용을 한탄하는 내용은 첫 문단에서만 등장하지 않는다. 도 시인은 마지막 부분에서도 "기종은오백 일조창신계, 순박기이원 선부환유폐"라고 당시 진나라 상황에 따른 아쉬움을 토로했다. 이는 '흔적 없이 사라진 신비의 세계가 500년만에 다시 등장했으나 야박한 속세와 맞지 않아 다시 사라졌다'는 의미다. 필자는 도화원기 본문을 이렇게 봤다. 국가의 횡포로 인해 도 시인을 비롯한 다수의 백성이 속세를 회피하고자 하는 욕구가 상당했다고. 이러한 해석을 할 수 있는 이유는 우리 정치사와도 연관이 깊다. 최근 정치 관련 기사들을 보면 현 정권을 비판하는 내용을 종종 볼 수 있다. 많은 야당 정치인은 정부를 비판할 때 과거 멸망했던 나라의 행보를 예로 드는 경우가 많지 않나. 국가를 운영하는 집권당을 향해 경각심을 가지게 하려는 것으로 보인다.

필자는 전 칼럼인 '도화원기 서문'편에서 "우리는 과거와 달리, 이상향을 현실에서도 재현할 힘이 있다"며 "당신은 지금 그 무한한 힘을 느끼고 있는가"라고 강조했다. 지금도 그 주장은 유효하다고 생각한다. 우리는 과거 멸망했던 나라들의 전철을 밟지 않기 위해서는 어떤 마음가짐을 지녀야 할까. 다양한 실천 방법이 있을 것이다. 그중 가장 간단한 것은 '우리 스스로 정치 및 사회 등에 관심을 가져야 함'이 아닐까 싶다. 우리 스스로 우리가 처한 환경에 관심을 가지고 감시를 할 수 있다면, 읽는 내내 씁쓸한 마음이 들었던 도 시인의 도화원기를 보다 유하게 읽일 수 있지 않을까 싶다.

우태훈의 詩談 · 15

오세영 '그릇'

깨진 그릇은
칼날이 된다.

절제와 균형의 중심에서

빗나간 힘,
부서진 원은 모를 세우고
이성의 차가운
눈을 뜨게 한다.

맹목의 사랑을 노리는
사금파리여,
지금 나는 맨발이다,
베어지기를 기다리는
살이다,
상처 깊숙이서 성숙하는 혼魂.

깨진 그릇은
칼날이 된다.
무엇이나 깨진 것은
칼이 된다.

- 오세영, 시 '그릇'

| 이번 칼럼에서는 오세영 시인의 그릇이란 시를 소개하고자 한다. 오 시인은 1942년 전북 전주시 인후동에서 태어났다. 이후 서울대학교에서 국문학을 졸업한 후 시인으로 우리문학을 살찌우는데 주력했다.

오 시인의 시 '그릇'은 첫 문장부터 매우 강렬한 인상을 준다. "깨진 그릇은 칼날이 된다"는 파격적인 문장은 우리의 시선을 집중시킨다. 칼은 무엇이던지 벨 수 있다. 여기에 우리 모두 그릇을 깨트려 다쳐본 경험들이 있다. 이를 비춰볼 때 이 작품의 첫 문장은 매우 강렬하다.

그릇이 깨진다고 하면 보통 문학계에서는 균형이 흐트러진 것으로 해석한다. 또는 안 좋은 일이 일어났음을 뜻한다. 이런 점은 이 작품에서도 드러난다. 여기서는 "이성의 차가운 눈을 뜨게 한다"고 부연했다.

이 시는 코로나 사태에 신음하는 우리사회를 잘 보여주기도 한다. "베어지기를 기다리는 살이다"란 부분은 지금 사회가 코로나에 '살이 베어지고 있음'과 연관된다. 현재 우리는 각자 마스크를 쓰고 다녀야만 코로나로부터 조금은 멀어질 수 있다.

코로나를 극복한 인류를 생각해본다. 칼에 베인 상처가 아물고, 한 층 성숙한 인류의 모습을, 한 층 발달한 의료체계의 모습을 생각해본다. 코로나로부터, 바이러스로부터 안전한 세상은 반드시 올 것이다.

우태훈의 詩談 · 16

우태훈 '고향의 집'

높은 산이
병풍처럼 둘러쳐져 있고,
들에는
오곡백과 풍성하네 그려.

저 멀리 여객선
통통소리 들릴 듯,
바다에는 흰 파도
흰 파도라네.

밤하늘 별들이
아름답게 수놓으면,
멍석이라도 길에 펼쳐놓고
지난 얘기 밤 깊어가네.

반딧불 번쩍번쩍
이따금 시원한 바람,
이마를 스쳐가면
선풍기가 필요없다.

고향의 집이 손에 잡힐 듯
잡히지 않는다.

– 우태훈, 시 '고향의 집'

I 필자가 지난 2008년 상반기 시인 커뮤니티인 '시마을'에 출품작으로 낸 '고향의 집'을 소개하고자 한다. 이 시를 소개하는 이유는 최근 부동산 문제와 '살짝' 궤를 같이 한다. 요즘 수도권 어디를 가 봐도 꼭 언급되는 말이 있다. 바로 "재개발"이다. 필자는 인천 강화군 길상면 장흥리 서남촌 갯마을에서 유년시절을 보냈다. 하지만 필자의 어린 시절 추억이 깃든 갯마을은 재개발로 인해 현재 과거의 모습이 사라졌다.

그뿐인가. 필자의 어린 시절 추억이 깃든 갯마을에는 수많은 반딧불들이 밤하늘을 비췄다. 어릴 적엔 반딧불을 잡으려고 여러모로 뛰어다닌 적이 있었다. 가을철 풍성한 들녘이 펼쳐지고, 여름밤엔 시원한 바람으로 땀을 식혀주던 내 고향. 아련한 추억이 깃든 그곳은 차마 잊혀지지가 않는다. 세월이 흘렀다. 이제 필자도 백발이 성성한 인생의 후반기를 살아가게 됐다. 세월이 더해갈수록 당시의 추억과는 거리감이 더해지는 것 같다.

정부는 지난 17일 '2021년 경제정책방향'을 통해 서울 도심 주택 공급을 확대하기 위해 공공재개발 사업에 속도를 낸다고 했다. 이를 위해 국토부는 공공재개발 사업을 속도감 있게 진행하기 위해 올해 서울지역

공모에 참여한 정비구역 14곳 중에서 후보지를 연내 선정할 계획이라고 한다. 정부가 추진하는 정책은 어떤 이들에겐 긍정적인 영향을, 어떤 이들에겐 부정적인 영향을 미칠 터다. 그중 긍정적인 영향이 더 클 것이라고 본다.

하지만 재개발을 직면했던, 재개발로 터전을 떠나야 하는 이들은 언젠간 경험할 것이다. 과거의 보금자리를. 그 추억이 생각날 때 '고향의 집' 시도 곁들여서 회상하면 어떨까. 이 시는 '마음 속 담요'로 작용할 것이라고 자부한다

우태훈의 詩談 · 17

조지훈 '완화삼玩花衫'

차운산 바위 우에 하늘은 멀어
산새가 구슬피 울음 운다.

구름 흘러가는
물길은 칠백리七百里.

나그네 긴 소매 꽃잎에 젖어
술 익는 강마을의 저녁 노을이여.

이 밤 자면 저 마을에
꽃은 지리라.

다정하고 한 많음도 병인 양하여
달빛 아래 고요히 흔들리며 가노니.

- 조지훈, 시 '완화삼'

ǀ 이번 칼럼에서는 우리나라가 광복을 한 1946년 조선청년문학가협회를 창립한 문인 조지훈 시인의 시 '완화삼'을 소개하고자 한다. 이 시는 조 시인이 조선청년문학가협회를 창립하던 해에 '상아탑' 잡지 5호를 통해 발표한 작품이다. 이 작품은 제목처럼 꽃을 완상하는 선비의 적삼이다. 이 작품은 조 시인이 박목월 시인에게 보내는 것으로, 이 시의 화답으로 박 시인 역시 '나그네'를 지었다. 조 시인과 박 시인은 당시 청록파 시인으로 활동했다.

청록파 시인이란, 문학을 표현하는 방법은 각기 다르지만 자연을 바탕으로 인간의 염원과 가치를 성취하기 위한 공통된 주제로 시를 쓴 인물들을 지칭한다. 광복 후 만들어진 시라고 해도, 일제 말기를 살아가던 청록파 시인들의 입장에서 '어두운 현실'을 마땅히 달랠 길이 없었을 터. 따라서 자연을 소재로 본인들의 입장을 담고자 했던 것 같다. 이들 청록파 시인들은 광복 후에도 시의 순수성을 잃지 않았다는 평가를 받는다.

그래선지 조 시인의 완화삼은 몇 번을 읽어도 지루하지 않다. 청록파 시인이 청록파 시인에게 시를 쓴 점 때문일까. 완화삼이란 작품은 짧은 문장들로 시가 구성됐음에도 구석구석 자연 특유의 순수성을 그대로 간직했음이 묻어난다. 더욱이 친구에게 소식을 전할 수 있는 행위는 인간만이 할 수 있는 유일한 행위다. 이를 청록파 시인들이 선보이니 더욱 따스한 온정이 느껴지는 것 같다.

올 한해가 저물어가지만 우리는 여전히 코로나19로 힘들어하고 있다. 사회적 거리두기 시행으로 인해 인터넷이 발달한 사회를 살아가고 있음에도 서로간 거리를 두려는 성향이 짙어졌다. 언젠가 코로나19도 조 시인이 완화삼을 통해 "다정하고 한 많음도 병인 양하여 달빛 아래 고요히 흔들리며 가노니"라고 했듯 지나갈 것이다. 그때를 기약하며 지금 주변 지인들에게 편지를 전해보는 것은 어떨까.

우태훈의 詩談 · 18

박목월 '나그네'

강나루 건너서
밀밭 길을,

구름에 달 가듯이

가는 나그네.

길은 외줄기
남도 삼백리,

술 익는 마을마다
타는 저녁놀,

구름에 달 가듯이
가는 나그네.

- 박목월, 시 '나그네'

Ⅰ 이번 칼럼에서는 저번 칼럼의 화답 성격으로 박목월 시인의 '나그네'를 소개하고자 한다. 필자는 저번 칼럼에서 조지훈 시인의 '완화삼玩花衫'을 다뤘다. 1916년 경남 고성에서 태어난 박 시인의 이름은 '박영종'으로 '목월'은 호로 쓰였다. 조 시인과 박 시인은 당시 청록파 시인으로 활동했다. 그래선지 박 시인의 나그네 작품이 만들어진 배경과 관련해 다양한 얘기가 나온다. 그중 박 시인이 조 시인을 자신이 자란 경남 경주로 초대했고, 두 사람은 문학과 사상 등 많은 대화를 이어갔다. 이때 경험담을 조 시인이 박 시인에게 보내는 편지로 '완화삼'을 보냈고, 박 시인은 조 시인에게 답장으로 '나그네'를 보냈다고 한다.

이 시를 새해 첫 칼럼으로 소개하는 이유도 있다. 바로 '구름에 달 가듯이 가는 나그네'라는 구절 때문이다. 우리는 코로나 확산으로 인해 작년 너무나 힘든 한해를 보냈다. 이에 새해에는 코로나가 빨리 종식되고, 우리 모두 코로나 이전의 삶으로 돌아갔으면 하는 바람을 담고 싶었다. 한국은행 역시 지난 3일 '세계경제 향방을 좌우할 7대 이슈' 중 하나로 코로나19 백신을 꼽았다고 한다. 보고서에 따르면, 코로나19 백신 상용화가 예상보다 빠르게 시작되면서 선진국을 중심으로 올 하반기 중 집단면역에 근접할 가능성이 높단다. 구름에 달 가듯이 무탈하게 걷는 나그네처럼 별 탈 없이 코로나를 극복했으면 한다.

4일 0시부터 수도권에만 적용되던 '5인 이상 사적모임 금지 조치'가 전국적으로 확대된다. 고통스럽겠지만 우리는 다시 서로를 위해 배려의 참음을 시도한다. 이 역시 '구름에 달 가듯이 가는 나그네'처럼 아무 탈 없이 흘러가길 기대해본다.

우태훈의 詩談 · 19

우태훈 '눈길을 밟으며'

해병대산이 맘껏 밟으라고 눈길을 내주었다.

혼자가 아닌 둘이었으면 좋겠다는 생각이 들자

화들짝 놀란 다람쥐가 곁에 서서 걷는 것이었다.

그녀의 어깨를 살포시 보듬어 주었다.
눈 사이로 난 작은 길을 밟으며 종소리를 따라서 간다.

같이 오길 잘했다는 생각이 들어서 추억으로 남겠는데 했더니
다람쥐는 콧방귀 뀌면서 좋을 때만 마누라지 한다.

너털웃음이 귓가를 스쳐간다.
'옛기 이 사람아' 하는 소리가 들릴 것만 같다.

자박자박 네 발걸음이 사천 번쯤 찍히자
말구유에 누우신 아기 예수님이 보이셨다.

누가 경배하라고 하는 사람 아무도 없는데
모두 고개 숙여 경배하는 모습이 마구간 추위를 녹이는 듯 싶었다.

– 우태훈, 시 '눈길을 밟으며'

| 필자가 지난 2014년 10월에 출간한 시집 '눈길을 밟으며'에 수록한 작품 '눈길을 밟으며'를 소개하고자 한다. 이 작품은 지난 2013년 성탄절을 맞이해 아내와 성탄절 미사를 보러가는 모습을 표현한 것이다. 그해 성탄절은 눈이 많이 와서 온 세상을 새하얗게 만들었다.

서울대교구 금호동성당은 해병대산 산기슭에 자리한 아름다운 성전이다. 성탄절 미사를 보러 가서 사람들의 마음 또한 새하얗게 맑고 깨끗하리라고 보여진다. 성당에서 은은히 들려오는 종소리는 또 얼마나 아름다운가. 구세주 예수 그리스도께서는 인류를 죄에서 구원하시고자 자신을 십자가에 못 박으셨다. 예수님 덕분에 인류는 모두 죄의 사함을 받고 용서를 받았다고 한다.

8년이 지난 지금 세상은 코로나19로 몹시도 혼란스럽고 어수선하다. 병원마다 환자와 사망자가 속출한다. 혼탁한 세상에서 병마와 싸우는 환자들을 생각하면서 추억이 서려있는 그때 그 시절을 회상해 본다. 당시 필자가 봤던 아기 예수상은 무척이나 티 없고 맑고 깨끗한 눈동자를 가졌었다. 병마와 싸우는 국민들에게 '눈길을 밟으며'를 소개하면서 작은 위로를 전하고자 한다.

우태훈의 詩談 · 20

박두진 '해'

해야 솟아라, 해야 솟아라, 말갛게 씻은 얼굴 고운 해야 솟아라. 산 너머 산너머서 어둠을 살라 먹고, 산 너머서 밤새도록 어둠을 살라 먹고, 이글이글 애띤 얼굴 고운 해야 솟아라.

달밤이 싫여, 달밤이 싫여, 눈물 같은 골짜기에 달밤이 싫여, 아무도 없는 뜰에 달밤이 나는 싫여…….

해야, 고운 해야, 늬가 오면 늬가사 오면, 나는 나는 청산이 좋아라. 훨훨훨 깃을 치는 청산이 좋아라. 청산이 있으면 홀로래도 좋아라.

사슴을 따라, 사슴을 따라, 양지로 양지로 사슴을 따라, 사슴을 만나면 사슴과 놀고,

칡범을 따라, 칡범을 따라, 칡범을 만나면 칡범과 놀고…….

해야, 고운 해야, 해야 솟아라. 꿈이 아니래도 너를 만나면, 꽃도 새도 짐승도 한자리에 앉아, 워어이 워어이 모두 불러 한자리 앉아, 애띠고 고운 날을 누려 보리라.

– 박두진, 시 '해'

| 이번 칼럼에서는 청록파 시인 중의 한 명인 박두진 시인을 소개하고자 한다. 박 시인은 일제강점기인 1916년 경기도 안성시에서 태어났다. 박 시인은 초기에 역사 및 사회의 부조리에 저항하는 작품을 썼고, 후기엔 기독교적 신앙체험을 고백하는 작품을 주로 썼다. '해'라는 작품은 일제 암흑기를 몰아낸 8·15 광복의 벅찬 기쁨 속에서 모든 생명체들이 서로 평화롭게 화합 및 공존하는 이상적인 삶에 대한 소망을 노래하고 있다.

1연은 '새로운 광명의 세계에 대한 소망'을, 2연은 '어두운 세계의 거부'를, 3연은 '새로운 세계의 동경'을, 4~5연은 '화합과 공존의 삶'을, 6연은 '화합과 공존의 세계에 대한 희망'으로 각각 구성됐다.

박 시인의 '해'를 소개하는 이유는 앞선 칼럼에서 청록파 시인들을 다룬 점도 있지만, 지난 14일 일본 도쿄에서 열릴 올림픽이 취소될 수 있다는 언론 보도를 접한 점도 있었다. 코로나 기승으로 도쿄올림픽이 취소될 위기에 놓였다는 것인데, 전세계의 평화를 상징하는 올림픽이 질병으로 인해 흔들리는 모습에 가슴이 아팠다. 고노 다로 일본 행정개혁 담당상은 최근 외신과의 인터뷰에서 "지금 시점에서 우리는 대회 준비에 최선을 다할 필요가 있지만, 이것(올림픽)은 둘 중 어느 쪽으로든 갈 수 있다"며 애매모호한 발언을 했다. 올해 도쿄올림픽을 볼 수 있길 소망하는 바람이다.

"박두진 시인이 '해'를 통해 화합을 노래했듯, 올해 화합은 도쿄올림픽을 통해 이뤄졌으면 좋겠다."

우태훈의 詩談 · 21

김종해 '그대 앞에 봄이 있다'

우리 살아가는 일 속에
파도 치는 날, 바람 부는 날이
어찌 한 두 번이랴

그런 날은 조용히 닻을 내리고
오늘 일을 잠시라도
낮은 곳에 묻어 두어야 한다.

우리 사랑하는 일 또한 그 같아서
파도 치는 날, 바람 부는 날은
높게 파도를 타지 않고
낮게 낮게 밀물져야 한다.

사랑하는 이여
상처받지 않은 사랑이 어디 있으랴
추운 겨울 다 지내고
꽃 필 차례가 바로 그대 앞에 있다.

- 김종해, 시 '그대 앞에 봄이 있다'

| 이번 칼럼에서는 김종해 시인의 시 '그대 앞에 봄이 있다'를 소개하고자 한다. 김 시인은 1965년 〈경향신문〉 신춘문예에서 '내란'으로 당선됐고, 한국시인협회장을 지낼 만큼 명망이 높은 시인이다.

김 시인은 시 '그대 앞에 봄이 있다'를 통해 우리가 살아가면서 많은 역경과 환난을 당하는 일을 파도치고, 바람이 부는 자연현상에 비유했다. 그뿐인가. 사랑에도 역경과 환난이 없을 수 없음을 강조했다. 김 시인은 이 작품을 통해 이렇게 말하기도 했다. 추운 겨울과 사랑의 아픔 등 역경을 이겨낸 후에 꽃이 피는 봄이 온다고. 이제 봄은 멀지 않았다. 혹독한 겨울 차가운 삭풍을 몸소 견디어 내는 당신이 바로 새봄의 주인공이라고.

김 시인의 시를 소개하는 또 다른 이유는 우리사회에서 아픔을 견디고 있을 장기이식 대기자들을 조금이나마 위로하기 위해서다. 작년 10월 초 최혜영 더불어민주당 의원실이 질병관리청으로부터 제출 받은 자료에 따르면, 장기이식 수술 기간은(그해 6월 기준) 평균 5년 4개월이라고 한다. 장기이식을 위해 다수의 대기자들이 5년 넘게 고통을 받고 있는 셈이다.

이런 가운데 우리나라에서는 세계 최초로 국제기준을 준수한 이종장기이식임상시험이 이뤄지는 것으로 알려졌다. 현재 돼지의 각막 및 췌도를 이식하는 임상시험이 서울대학교 의과대학 바이오이종장기개발사업단을 중점으로 진행 중이라고 한다. 이종장기이식이란 동물의 조직 및 세포 등을 이식하는 방법이다. 이는 장기부전환자의 급격한 증가에 따라 전 세계가 주목하는 분야다. 긍정적인 연구 결과가 등장해 장기이식 대기자들에게 희망을 주길 간절히 소망한다.

"이제 봄은 멀지 않았다. 당신의 아름다운 꽃이 필 날을 기대해본다."

우태훈의 詩談 · 22

존 던 '누구를 위하여 종鐘은 울리나'

어느 사람이든지 그 자체로써 온전한 섬은 아닐지니
모든 인간이란 대륙의 한 조각이며
또한 대양의 한 부분이어라.

만일에 흙덩어리가 바닷물에 씻겨 내려가게 될지면
유럽 땅은 또 그만큼 작아질 것이며
만일에 모래벌이 그렇게 되더라도 마찬가지며
그대의 친구들이나 그대 자신의
영지가 그렇게 되어도 마찬가지어라.

어느 누구의 죽음이라 할지라도 나를 감소시키나니
나란 인류 속에 포함되어 있는 존재이기 때문이라
누구를 위하여 종은 울리나

이를 위하여 사람을 보내지는 말지라
종은 바로 그대를 위하여 울리는 것이므로.

– 존 던, 시 '누구를 위하여 종鐘은 울리나'

▎이번 칼럼에서는 영국의 성직자이자 시인으로 활동했던 존 던의 시 '누구를 위하여 종은 울리나'를 소개하고자 한다. 1572년 런던에서 태어난 그는 젊은 시절엔 '연애시'를, 말년엔 '종교시'를 주로 썼다. 그의 대표적인 시집으로는 '엑스터시'와 '안녕', '노래와 소네트' 등이 있다. 그의 수많은 명작 중에서 '누구를 위하여 종은 울리나'를 소개한 까닭은 이 작품에서 표현되는 사람의 분위기가 가슴에 와 닿았기 때문이다.

존 던 시인은 이 작품에서 사람을 섬으로 비유하며 '온전한 사람'은 없음을 설명했다. 사람은 크나큰 대륙 속 한 조각에 지나지 않다는 것이다. 바닷물이 대륙에 붙은 땅의 흙 한 줌을 훑고 내려간다면 대륙은 그만큼 작아진다고 한다. 이는 수많은 사람 중 한 두 사람이라도 없어진다면 인구는 그만큼 작아진다는 얘기다. 잘난 사람이나 못난 사람이나 인구의 감소는 같다는 의미이기도 하다.

헌데 '누구를 위하여 종은 울리나'란 제목을 유심히 생각하면서 이런 결론을 내리게 됐다. 조종은 죽은 사람을 위해 울리는 게 아니라, 산 사람들을 위한 것이라고. 실제 죽은 사람들은 조종을 들을 수도 없지 않은가. 달리 말해 산 사람들에게 인생의 소중함을 일깨우는 경각심을 존 던 시인은 강조하고 싶었던 것 같다.

연장선상에서 산 사람들을 위해 종을 울릴 인물을 한 명 소개하고자 한다. 바로 원내 1석을 확보한 소규모 정당인 시대전환의 조정훈 국회의원이다. 조 의원은 지난달 말 서울시장 출마를 선언했다. 그가 출마 선언문을 통해 언급한 발언이 산 사람들 마음에 있는 열정을 꿈틀거리게 만들었다고 자부한다. 그의 발언을 마지막으로 이번 칼럼을 마무리하고자 한다.

"시대전환과 조정훈. 어느 하나 알려진 이름이 없습니다. 기라성 같은 후보. 양대 산맥의 정당. 그 가운데 1석의 작은 정당의 한 사람 조정훈이 서울시장에 출마합니다.

(...)

유쾌한 반란. 당신을 위한 서울. 이제 시작합니다."

우태훈의 詩談 · 23

셰익스피어 '사랑과 세월'

나는 진실한 마음의 결합을
조금도 방해하고 싶지 않다.

다른 사람을 만나서 마음이 변한다거나
반대자에 의해 굽힌다고 하면
그런 사랑은 사랑이라 할 수가 없다.

절대로 그럴 수가 없다!

사랑은 폭풍우가 몰아쳐도 결코 흔들리지 않고
영원히 고정된 이정표다.

사랑은 이리저리 헤매는 모든 배에게
얼마나 높은지는 알 수 있어도
그 가치는 모르는 빛나는 별이다.

장밋빛 입술과 뺨이 세월이 휘어진 낫을
비록 피할 수는 없다고 해도
사랑은 세월의 어리석은 장난감이 아니다.

사랑은 한두 달 사이에 변하기는 커녕
운명의 마지막 순간까지 참고 견딘다.

이것이 착오라고 내 앞에서 증명된다면
나는 글 한 줄도 쓰지 않았을 테고
아무하고도 사랑 따위는 하지 않았을 것이다.

– 셰익스피어, 시 '사랑과 세월'

Ⅰ '영국이 낳은 세계 최고의 극작가' 윌리엄 셰익스피어가 쓴 '사랑과 세월'이란 작품을 이번 칼럼에서 소개하고자 한다. 1564년 잉글랜드 중부의 스트랫퍼드어폰에이번에서 출생한 셰익스피어는 희·비극을 포함한 38편의 희곡과 여러 권의 시집 및 소네트집을 남기며 '세계의 대문호'로 이름을 남겼다.

우선 셰익스피어의 시 '사랑과 세월'에서는 사랑을 아름답게 표현하고 있다. 그는 이 작품을 통해 사랑은 흔들림이 없고 확고해야 한다고 강조했다. 사랑은 요동치는 파도가 아니라 깊은 바닷 속 같이, 심연 깊은 곳에서 우러나오는 것이라고도 했다. 그렇기 때문에 두 사람의 마음이 하나가 돼서 운명의 순간까지 지켜진다고 했다.

이 시를 소개하는 이유는 이렇다. 셰익스피어 시인이 언급한 '사랑'을 우리 모두 마음으로는 이해하고 있으나 실천으로는 쉽게 옮기지 못하고 있기 때문이다. 실제 지난 2019년 우리나라의 혼인율이 사상 최저 수준으로 떨어진 것으로 집계됐다. 작년 3월19일 통계청은 '2019년 혼인 및 이혼 통계'를 발표했다. 그 결과, 2019년 인구 1000명당 혼인 건수를 따지는 조혼인율은 4.7건으로 1970년 통계작성 후 사상 최저치를 기록했다. 그리고 황혼 부부의 이혼은 증가세를 보였다. 이러한 결과를 비춰볼 때 우리는 셰익스피어 시인이 설명한 '사랑'을 제대로 실천하지 못하고 있는 것과 다름없다.

문뜩 불안한 생각이 하나 떠올랐다. 셰익스피어 시인이 설명한 '운명의 순간까지 함께 하는 사랑'은 미래에선 불가능한 일이 되는 것은 아닌지 하는 생각이다. 또 '운명의 순간까지 함께 하는 사랑'이 우리사회 곳곳에 퍼지려면 우리는 어떤 노력을 해야 할까. 이는 필자가 몸담고 있는 문학계뿐 아니라, 각계각층에서 다 함께 고민해야 할 문제가 아닌가 생각한다.

그래선지 오늘따라 '멜로 영화의 바이블'이라고 불리는 '노트북'에서 남자 주인공(라이언 고슬링)이 한 발언이 계속 귓가에 맴돈다. 노트북 영화의 남자 주인공의 발언으로 이번 칼럼을 마무리하고자 한다.

"난 대단한 사람이 아닙니다. 평범한 보통 사람입니다. 남다른 인생도 아니고, 날 기리는 기념탑도 없고, 내 이름도 곧 잊혀질 겁니다.

하지만 한 가지 눈부신 성공을 했다고 자부합니다. 한 사람을 지극히 사랑했으니, 그거면 더할 나위 없이 족하죠."

우태훈의 詩談 · 24

기욤 아폴리네르 '미라보 다리'

미라보 다리 아래 세느강이 흐르고
우리의 사랑도 흐른다.

마음 속 깊이깊이 아로 새길까
기쁨 앞엔 언제나 괴로움이 있음을,

밤이여 오너라 종아 울려라,
세월은 가고 나만 머문다.

손에 손을 잡고 얼굴 마주하며
우리의 팔 밑 다리 아래로
영원의 눈길 지친 물살이
천천히 하염없이 흐른다.

밤이여 오너라 종아 울려라,
세월은 가고 나만 머문다.

사랑이 흘러 세느강물처럼
우리네 사랑도 흘러만 간다.

어찌 삶이란 이다지도 지루하더냐,
희망이란 또 왜 격렬하더냐.

밤이여 오너라 종아 울려라
세월은 가고 나만 머문다.

햇빛도 흐르고 달빛도 흐르고
오는 세월도 흘러만 가니,

우리의 사랑은 가서는 오지 않고
미라보 다리 아래 세느만 흐른다.

밤이여 오너라 종아 울려라,
세월은 가고 나만 머문다.

– 아폴리네르, 시 '미라보 다리'

I 프랑스의 시인이자 평론가로 이름을 널리 알린 기욤 아폴리네르의 시 '미라보 다리'를 이번 칼럼에서 소개하고자 한다. 아폴리네르 시인은 입체파 화가로 유명한 파블로 피카소의 친구로도 유명하다. 또 초현실주의 및 모더니즘의 창시자로 불린다.

아폴리네르 시인이 작품인 미라보 다리는 프랑스 파리를 흐르는 세느강 위에 놓인 다리다. 그리고 이 시는 1921년 '파리의 밤'이란 잡지의 창간호에 수록된 작품이기도 하다. 저자는 세느강이 흐를 때 '우리의 사랑'도 흐른다고 했다. 또 기쁨 앞에는 괴로움이 있었음을 기억하자고 했다. 다리 위에는 많은 연인들이 있으나, 다리 아래엔 강물이 하염없이 흐르고 있음을 묘사한 것으로 '인생'을 함축해 풀이한 것으로 해석된다. 서글프면서도 애뜻한 사연을 담은 이 작품은 세느강을 '사랑의 대명사'처럼 전 세계에 알리게 됐다. 필자 역시 젊은 시절을 회상하면, 한강 물이 수십년이 지난 지금에도 유유히 흐르는 모습을 보면서 세월은 강물처럼 흘러가고 나만 머문다는 생각이 든다.

'미라보 다리'라는 명작을 남긴 아폴리네르 시인은 제1차 세계대전이 끝나기 이틀 전에 생을 마감한 것으로 알려졌다. 포병으로 전쟁에 참여한 저자는 두뇌에 관통상을 입었고 개두수술을 받았다. 그러나 수술에서 회복을 하던 중 유행성 독감에 걸려 종전을 보지 못했다. 이로 인해 저자는 38세라는 꽃다운 나이에 삶을 마감해야 했다. 우리가 사는 현시대에도 유행성 독감과 비슷한 코로나 19가 창궐했다. 이 역시 언젠가는 종식될 터. 그러니 저자가 미라보 다리를 통해 언급한 "밤이여 오너라 종아 울려라, 세월은 가고 나만 머문다"란 말처럼 빨리 코로나가 종식됐으면 싶다. 오는 25일부터 시작되는 백신 접종이 우리 국민들에게 새로운 희망이 되길 바라는 마음이다.

우태훈의 詩談 · 25

황금찬 '별이 뜨는 강마을에'

여기 강이 있었다.

우리들의 국토 이 땅에
이름하여 북한강이라 했다.

태양이 문을 열었고
달이 지곤 했다.

하늘 꽃들이 강물위에 피어나
아름다운 고장이라 했다.

신화의 풀잎들이 문을 열기 전
지혜의 구름을 타고 선인先人 들이
바람처럼 찾아와 보석의 뿌리를 내리고
백조의 이웃이 되었다.

칼날의 날개를 단 흉조들은
사악한 터전이라 버리고 강마을을 떠났다.

비단으로 무지갯빛 다리를 세우고

너와 나는 우리가 되어
내일 저 하늘에 무리별로 남으리라.

강은 역사의 거울이다.
패수에 담겨있는 고구려를 보았다.

금강에서 백제의 나뭇잎들은
시들지 않는 깃발이었지.

신라의 옷깃이 저 낙동강에 지금도 휘날리고
한강엔 임진왜란과 병자호란의 그 참화가
시들지 않고 거울 속에 떠 있다.

북한강 백조의 날개와 하나가 된 우리들의 행복한 삶터,
사랑하라. 우리들의 내일은 영원히 빛날 것이다.

– 황금찬, 시 '별이 뜨는 강마을에'

ㅣ 이번 칼럼에서는 황금찬 시인의 북한강 문학비 '별이 뜨는 강마을에'를 소개하고자 한다. 저자는 생전 99세로 현역 최고령 문인으로 기록된 우리나라의 원로 시인이다. 황 시인은 1939년 일본에 건너가 다이도학원에서 유학했고, 1943년 어릴 적부터 지내던 함경북도 성진으로 돌아왔다가 6·25전쟁 때 월남했다. 그는 이후 강릉농업학교 및 추계예술대학

교 등에서 교직 생활을 하며 여러 문인을 배출하는데 힘썼다. 필자 역시 저자의 추천으로 시인의 길을 걷게 됐다. 문학계에 많은 업적을 남긴 황 시인은 지난 2017년 4월 8일 노환으로 별세했고 고인의 장례는 대한민국 문인장으로 치러졌다. 이는 저자가 우리 문학계의 거장임이었음을 보여주는 대목이기도 하다.

이번 칼럼에서 소개한 '별이 뜨는 강마을에'는 황 시인이 북한강 문학비에 새겨진 작품이다. 건립은 월간 시사문단에서, 후원은 남양주시 및 한국시사문단 작가협회 등에서 담당했다. 기념비나 기념시 등은 비유법을 쓰지 않으며 누구나 쉽게 읽도록 쓰는 게 특징이다. 이번 작품은 북한강이 민족의 영고성쇠를 함께 한 강임으로, 앞으로도 영원히 우리 민족과 함께 할 것임을 부각시켰다.

시에서는 칼날의 날개를 단 흉조들이 강마을을 떠났다고 했다. 순수한 대한민국의 선량한 시민들만이 남았음을 의미한다. 이는 최근 우리나라가 직면한 코로나19와도 연관이 깊다. 코로나라는 흉조가 조만간 떠날 수 있음으로 해석 가능하다고 자부한다. 이유는 국내 공급 시기가 불투명했던 화이자사의 코로나19 백신이 오는 26일 국내에 들어오는 것으로 확정됐기 때문이다. 화이자 백신은 도착 다음 날인 27일부터 접종을 시작하는데 코로나19 의료진이 대상이라고 한다. 그래선지 시 마지막 문장인 "우리들의 내일은 영원히 빛날 것이다"란 말이 더더욱 희망적으로 다가오는 느낌이다.

우태훈의 詩談·26

롱사르 '마리에게 보내는 소네트'

한 다발 엮어서
보내는 이 꽃송이들
지금은 한껏 피어났지만
내일은 덧없이 지리

그대여 잊지 말아요
꽃처럼 어여쁜 그대도
세월이 지나면 시들고
덧없이 지리, 꽃처럼

세월이 간다, 세월이 간다
우리도 간다, 흘러서 간다
세월은 가고 흙 속에 묻힌다

애끓는 사랑도 죽은 다음에는
속삭일 사람이 없어지리니
사랑하기로 해요, 나의 꽃 그대여

– 롱사르, 시 '마리에게 보내는 소네트'

Ⅰ 이번 칼럼에서는 프랑스에서 '시의 선구자'로 불리는 롱사르 시인의 시 한편을 소개하고자 한다. 바로 '마리에게 보내는 소네트'이다. 우선 롱사르 시인은 1524년 프랑스 루아르 지방에서 태어났다. 귀족 출신으로 고전문학에 소양이 있던 아버지의 지도를 받고 프랑수아 1세의 왕실청년대 활동을 하기도 했다. 롱사르 시인은 당시 세력을 떨치고 있던 궁정시인들의 부자연스럽던 시를 비판하고, 헬레니즘의 시 개념을 도입해 문학계의 찬사를 이끌어냈다.

영국의 셰익스피어 작가와 동시대를 살았던 롱사르 시인은 '목가적 사랑시'를 주로 썼다. 목가적 문학이란 '농촌처럼 소박하고 평화로우며 서정적인 글'을 말한다. 이번에 소개하는 '마리에게 보내는 소네트'는 지난번 칼럼에서 소개한 기욤 아폴리네르 시인의 '미라보 다리'와 비슷한 유형이기도 하다. 기욤 시인의 미라보 다리가 이 작품을 보고 연상시켰다고 해도 과언은 아닐 터다.

롱사르 시인은 작품을 통해 "꽃송이도 피었다 지듯이, 여인의 아름다움도 피었다 지는 것"이라고 했다. 세월이 지나면 지지 않는 꽃이 없듯 인생 역시 젊은 시절의 아름다움이 있고, 세월이 지남에 따라 아름다움이 사라지고 마는 유한적임을 강조했다. 시인은 그러면서 "청춘은 아름다운 것"이라며 유한적인 미학도 강조했다. 3월은 봄을 알리는 계절이다. 세월의 흐름에 따라 사라지는 꽃잎처럼 되지 말고 할 수 있을 때 청춘을 만끽하는 건 어떨까.

문효치 '비천'

어젯밤 내 꿈 속에 들어오신
그 여인이 아니신가요.

안개가 장막처럼 드리워 있는
내 꿈의 문을 살며시 열고서
황새의 날개 밑에 고여 있는
따뜻한 바람 같은 고운 옷을 입고

비어있는 방같은 내 꿈속에
스며들어 오신 그분이 아니신가요.

달빛 한 가닥 잘라 피리를 만들고
하늘 한 자락 도려 현금을 만들던

그리하여 금빛 선율로 가득 채우면서

돌아보고 웃고 또 보고 웃고 하던
여인이 아니신가요.

– 문효치, 시 '비천'

❙ 이번 칼럼에서는 한국문인협회 이사장을 역임했던 문효치 시인의 작품 '비천'을 소개하고자 한다. 문 시인은 1943년 전북 옥구에서 태어나 1966년 한국일보 신춘문예에 '산색'이 당선돼 문단에 올랐다. 우리 민족 고유의 정서를 바탕으로 향가 및 시조 등을 현대적 감각으로 탈바꿈하는데 힘썼다. 문 시인이 쓴 비천에서도 이러한 노력이 돋보인다. 비천이란 말은 어떻게 보면 생소한 단어일 수 있다. 이는 '선녀'를 뜻하는 말이다. 그래선지 문 시인은 "내 꿈 속에 들어오신 그 여인이 아니신가요"라는 문장을 구사했다.

이 시를 소개하는 이유는 최근 유명인들의 발목을 붙잡는 이른바 '학폭(과거 학교 폭력)'과도 연관이 깊다. 각종 매스컴에 오르내리는 일부 스포츠 스타 및 연예인들이 학폭 논란을 주며 국민들에게 큰 충격을 주고 있다. 관련 소식을 접하고 있으면 씁쓸함만 감돈다. 이를 대체할 소식이 무엇이 있을까 생각을 하게 됐다. 생각 끝에 뇌리를 스친 시가 바로 '비천'이었다. 그럼 학폭과 달리 선행으로 이름이 오르내리는 연예인은 없을까 검색을 해봤다. 선행에서도 많은 유명인들이 이름을 오르내렸다.

선행이 학폭을 덮는, 선행이 주가 되는 사회가 오려면 어떤 실천을 해야 할까. 그런 실천이 행해지는 세상에선 다수가 '비천'이 아닐까 생각해본다.

우태훈의 詩談 · 28

우태훈 '우포늪의 저녁 노을'

저녁 노을 만큼이나 아름다우신 단미님
아이들 손잡고 가보자 저 멀리까지

겨울 철새 떼처럼 우리도 가는 거야
올망졸망 모여서 사랑얘기 나누는
철새 떼처럼 우리도 가보는 거야

최선을 다한 하루 이제는
서산 너머에서 쉬렵니다

호수에 잠긴 화왕산
빛이 있고 노을이 있고
호수가 있어 뜨거운 정열로

나의 가라앉음 노을로 솟네

내가 가면 철새들도 날아가겠지
일몰의 아쉬움을 뒤로한 채
하염없이 너를 보네

아쉬움을 달래며
산 위에 쉬었다가네
희망찬 내일을 약속하며

- 우태훈, 시 '우포늪의 저녁 노을'

Ⅰ 이번 칼럼에서는 필자의 등단시기 작품인 '우포늪의 저녁 노을'이라는 작품을 소개하고자 한다. 필자는 청록파 시인 중 한 분인 박두진 시인의 추천을 받은 황금찬 시인으로부터 시 창작 지도를 받고, 황 시인의 추천으로 문단에 등단했다. 우포늪의 저녁 노을 역시 청록파 시인들이 '자연을 바탕으로 인간의 염원'을 다뤘듯 표현하기 위해 작성한 작품이었다. 5연 '나의 가라앉음 노을로 솟네', 6연 '내가 가면 철새들도 날아가겠지' 등이 이를 방증한다.

이 시를 소개하는 이유는 또 있다. 요즘 코로나로 발길이 묶인 사람들에게 조금이나마 마음에 위로를 주기 위함이다. 현 시국에선 대부분의 사람들이 자유롭게 여행을 다니지 못하고 반복되는 일상을 되풀이하고 있다. 대부분의 사람들은 바쁜 일상을 살아가면서도 때때로 휴식을 취하면서 내일을 위한 재충전을 해야 한다. 그런 아쉬움을 조금이나마 달래주고 팠다.

아울러 이 시의 무대가 되는 우포늪은 매우 아름다운 자연경관을 보유한 우리나라의 보존습지다. 1933년엔 천연기념물 15호로 지정됐다. 이

늪엔 논병아리, 백로, 왜가리, 고니 등 조류와 가시연꽃, 창포, 마름 등 총 342종의 동식물이 서식하기도 한다.

우태훈의 詩談 · 29

윌리엄 블레이크 '옛 시인의 목소리'

즐거움에 찬 젊은이여, 이리로 오라,

그리하여 열리는 아침을,
새로 태어나는 진리의 이미지를 보라.

의심은 달아났다 이성의 구름도
어두운 논쟁도 간계한 속임수도 달아났다.

어리석음이란 일종의 끊임없는 미로,
얽힌 뿌리들이 진리의 길을 어지럽힌다.

얼마나 많은 이들이 거기에 빠졌던가!

그들은 한밤 내 죽은 자들의 뼈 위에 걸려 넘어지고,
근심밖에 모른다고 느끼면서,

다른 사람들을 인도하려고 한다

그들이야 말로 인도를 받아야 할 것이면서도.

– 윌리엄 블레이크, 시 '옛 시인의 목소리'

I 이번 칼럼에서는 영국의 시인이자 미술가인 윌리엄 블레이크의 시 ' 옛 시인의 목소리'를 소개하고자 한다. 1757년 영국 런던에서 태어난 블레이크는 18세기 중반부터 19세기 초반의 세계를 살았던 인물이다. 신고전주의 시대를 살아간 장본인인 셈이다.

블레이크 시인의 이 작품은 현상유지를 거부하는 노력 속에서 시작의 근본적인 '의미'가 무엇인지를 고찰했음이 문학계의 전언이다. 어려우면 어려울 수 있는 이 시를 통해 저자는 "요즘 세상살이를 보면 장님이 길을 안내하고, 함께 위험에 빠질 수 있음을 경계해야 한다"고 언급하는 것 같다. 또 청렴결백한 청백리를 찾아보기 힘든 세상이 들이닥쳤음을 우려했다. 이런 우울한 현실을 타개하기 위해 저자는 이 시를 통해 "그들이야 말로 인도를 받아야 할 것"이라고 지적했다.

이 시를 소개하는 이유는 최근 국민의 공분을 산 '한국토지주택공사(LH) 직원 투기 의혹'과 연관이 깊다. 이 논란은 이달 초 LH 직원들이 3기 신도시 등 자사 사업 계획과 연관 있는 지역에 집단 투기한 사건이다. 이 사건은 공정하지도, 평등하지도, 정의롭지 못했다. 공정과 평등, 정의를 갈망하는 우리 국민들 가슴에 공직계가 불을 지른 것이기도 하다. 미래세대에게 떳떳한 문화를 이어주기 위해 우리는 많은 고찰을 해야 한다. 그러지 못한다면 국민적 공분을 유발할 사건은 도미노 현상처럼 줄줄이 발생할 것이다.

"어리석음이란 일종의 끊임없는 미로, 얽힌 뿌리들이 진리의 길을 어지럽힌다."

우태훈의 詩談 · 30

푸슈킨 '삶이 그대를 속일지라도'

삶이 그대를 속일지라도
슬퍼하거나 노하지 말라.
우울한 날들을 견디면
믿으라 기쁨의 날이 오리니.

마음은 미래에 사는 것
현재는 슬픈 것
모든 것은 순간적인 것, 순간적인 것이니
그리고 지나가는 것은 훗날 소중하게 되리니.

- 푸슈킨, 시 '삶이 그대를 속일지라도'

❙ 이번 칼럼에서는 러시아의 대문호로 정평이 난 푸슈킨 시인의 '삶이 그대를 속일지라도'를 소개해보고자 한다. 1799년 러시아 모스크바에서 태어난 푸슈킨 시인은 '루슬란과 루드밀라', '카프카즈의 포로' 등 다양한 작품을 남겼다. 그중 저자는 시 '삶이 그대를 속일지라도'를 통해 어려운 현실을 참고 견디며 살다보면 반드시 좋은 세상이 도래한다고 강조했다. 이 시를 소개하는 또 다른 이유는 군부 쿠데타로 고통을 받고 있는 지구촌 이웃인 '미얀마'를 위로하기 위해서다.

현재 미얀마는 '미얀마 군의 날'을 맞아 군부 쿠데타 반대 시위에 나선 시민을 군경이 무차별 진압해 100명 이상의 민간인이 사망한 것으로 알려졌다. '미얀마 군의 날'은 미얀마에서 일본 점령에 대한 무력 저항이 시작된 1945년 3월27일을 기념하는 날이다. 이는 지난 2월 군부 쿠데타 이후 최대 규모 참사로 기록되기도 했다. 더욱 씁쓸한 것은 희생자 중에는 어린이도 포함됐다는 점이다.

고통을 받고 있는 미얀마를 위해 정치권에서는 다양한 캠페인이 진행되고 있다. 그중 필자의 시선을 사로잡은 것은 더불어민주당 원내부대표인 이용빈 의원이 미얀마 군부의 살상행위를 규탄하고 민주화투쟁을 응원하는 뜻에서 '임을 위한 행진곡' 이어부르기를 국회의원들에게 제안한 부분이다.

이에 필자 역시 미얀마의 민주화투쟁을 응원하고자 푸슈킨 시인의 '삶이 그대를 속일지라도'를 소개하게 됐다. '삶이 그대를 속일지라도'의 한 구절을 소개하면서 이번 칼럼을 마무리하고자 한다.

"삶이 그대를 속일지라도 슬퍼하거나 노하지 말라. 우울한 날들을 견디면 기쁨의 날이 오리니."

우태훈의 詩談 · 31

윌리엄 워즈워스 '아름다운 저녁'

고요하고 평화로운 아름다운 저녁
성스러운 이 시각이 찬송으로
숨죽이는 수녀처럼 조용하이.

큼지막한 저녁해가 고요 속에 지고 있고
바다 위에 내려 앉은 평온한 하늘
귀 기울이라.

생시의 하느님은
끝없는 동작으로 영원히 천둥소리를 내고 있도다.

나와 함께 이곳을 거닐며 있는
귀여운 아이, 귀여운 숙녀야

엄숙한 생각에 상관 없는 듯 보여도

네 성품은 여전히 성스럽구나.

너는 일 년 내 아브라함의 가슴 속에 있고
사원의 성역에서 기도하고 있으니

우리가 알지 못하는 사이
하느님은 너와 함께 계시는 도다.

- 윌리엄 워즈워스, 시 '아름다운 저녁'

❙ 이번 칼럼에서는 영국이 배출한 시인 윌리엄 워즈워스의 작품 '아름다운 저녁'을 소개하고자 한다. 워즈워스 시인은 1770년 영국 서북쪽 스코틀랜드 근처 소읍인 코커머스에서 태어났다. 그는 어릴 적 부모님을 여의고 1787년 케임브리지대학 세인트존스 칼리지에 입학했다. 그 시절 그는 친구들과 프랑스와 독일, 이탈리아 등을 도보여행을 거닐기도 했다. 이에 그는 1792년 프랑스 혁명을 이해할 수 있었고, 그를 바탕으로 1798년 서정담 시집을 간행했다.

이번에 소개하는 워즈워스 시인의 아름다운 저녁은 그가 1802년 가을 한 해변에서 쓴 것으로 알려졌다. 저녁 해가 고요 속으로 지고 있으니, '하느님은 끝없는 동작으로 천둥소리를 낸다'고 그는 소개했다. 그는 이 작품을 통해 하느님이 우리와 함께 있음을 강조했다.

이를 통해 이틀 앞으로 다가온 4·7 서울시장-부산시장 보궐선거에서 국민들이 현명한 판단을 할 것이라고 필자는 생각한다. 또 국제적으로 미얀마 군부 쿠데타 사건이 현재진행형에 있는데, 이 사태 역시 하루 속히 진정됐으면 하는 바람이다.

세상이 흉흉해서일까. 오늘따라 워즈워스 시인의 아름다운 저녁이란 시가 더욱 아름답게 느껴진다. 그리고 지난 4일 진행된 예수 그리스도의 부활절이 더욱 뜻 깊게 다가오는 것 같다.

프란치스코 교황이 예수 그리스도 부활절 전야제인 지난 3일(현지시간) 성바티칸 교회에서 진행한 미사 당시 강론을 소개하면서 이번 칼럼을 마무리하고자 한다.

"우리의 모든 실패 속에서도 주님이 일깨우신 새로운 삶이 있기에 항상 새롭게 시작하는 게 가능하다."

우태훈의 詩談 · 32

프랑시스 잠 '이제 며칠 후엔'

이제 며칠 후엔 눈이 오겠지.
지난해를 회상한다.

불 옆에서 내 슬픔을 회상한다.

그때 무슨 일이냐고 누가 내게 물었다면
난 대답 했으리라 - 날 그냥 내버려둬요.
아무것도 아니에요.

지난해 내 방에서 난 깊이 생각했었지.
그때 밖에선 무겁게 눈이 내리고 있었다.
쓸데없이 생각만 했었지. 그때처럼.
지금 난 호박 빨부리의 나무 파이프를 피운다.

내 오래된 참나무 옷장은 언제나
향긋한 냄새가 난다. 그러나 난 바보였었지.
그런 일들은 그때 변할 수는 없었으니까.
우리가 알고 있는 일들을 내쫓으려는 것은 허세이니까.

도대체 우린 왜 생각하는 걸까. 왜 말하는 걸까.
그건 우스운 일이다. 우리의 눈물은 우리의 입맞춤은 말하지 않는다.

그래도 우린 그걸 이해하는 법.
친구의 발자국 소린 다정한 말보다 더 다정한 것.

사람들은 별들의 이름을 지어주었다.
별들은 이름이 필요 없다는 걸 생각지도 않고,

어둠 속을 지나가는 아름다운 혜성들을
증명하는 수치들이 그것들을 지나가게 하는 것은 아닌 것을.

바로 지금도 지난해의 옛 슬픔은
어디로 사라지지 않았는가. 거의 회상하지도 못하는 것을.

지금 이방에서 무슨 일이냐고 누가 묻는다면, 나는 대답하리라.
날 그냥 내버려둬요. 아무것도 아니에요.

- 프랑시스 잠, 시 '이제 며칠 후엔'

Ⅰ 이번 칼럼에선 1868년 프랑스 투르네에서 태어난 프랑시스 잠 시인의 '이제 며칠 후엔'을 소개하고자 한다. 잠 시인은 프랑스 남서부 피레네 산맥의 발 밑 산간지방을 본능적으로 사랑한 19세기 말 시인으로 정평이 났다. 실제 '이제 며칠 후엔'이라는 작품은 그가 며칠 후엔 산간지방에 눈이 내려 하얗게 내릴 것을 상상하면서 썼다는 게 문학계의 전언이다. 1연에선 며칠 후 눈이 올 것이라며 지난해를 회상하고, 2연에선 좀 더 구체적으로 지난해 내린 눈을 생각하며 많은 생각에 잠겼음을 글로 남겼다.

이번 칼럼에서 잠 시인의 '이제 며칠 후엔'을 소개하고자 한 또 다른 이유는 최근 치러진 4·7 재보궐선거와도 연관이 있다. 최근 재보궐선거에서 여야의 가장 큰 승부처로 꼽힌 서울-부산시장 자리는 모두 국민의 힘이 가져갔다. 집권당의 독주에 국민들이 투표로 심판을 한 것이라는 게 정치평론가들의 중론이다. 이번 결과에 대해 두 가지 기대를 조심히 해보고자 한다. 첫째, 집권당의 달라진 모습이다. 둘째, 야당의 수권정당 면모 갖추기다. 여야 모두 이번 선거 결과에 각성한다면 우리 국민들에게 좋은 일들이 가득 일어나지 않을까 싶다.

우태훈의 詩談 · 33

샤를 보들레르 '미'

나는 아름다워라, 오 덧없는 인간들! 돌의 꿈처럼
저마다 거기서 상처받는 내 유방은
질료처럼 영원하고 말없는 사랑을
시인에게 불어넣게 되어있다.

나는 이해할 수 없는 스핑크스처럼 창공에 군림하네.
백조의 순백에 백설의 마음을 결합하고,
선을 흔들어 놓는 움직임을 싫어하며,
나는 울지 않고 결코 웃지도 않네.

우뚝솟은 기념물에서 빌은듯한
내 당당한 태도 앞에 시인들은
준엄한 연구로 그들의 세월을 탕진하리!

이 고분고분한 애인들을 홀리기 위해서
만물을 더욱 아름답게 만드는 거울을 가졌네.
내 눈, 영원의 광택을 지닌 커다란 두 눈을!

- 샤를 보들레르, 시 '미'

❙ 이번 칼럼에선 프랑스 시인 샤를 보들레르의 작품 '미'를 소개하고자 한다. 1821년 프랑스 파리에서 태어난 보들레르 시인은 '1845년의 살롱'을 통해 비평가로 먼저 문학계에 발을 디딘 인물이다. 날카로운 비평가인 보들레르 시인의 '미'를 소개하는 이유는 무생물의 생물화를 아름답게 표현했기 때문이다. 또 현재를 살아가는 우리에게 새로운 '미'가 나타나 한 줄기 희망을 주었으면 하는 기대가 있어서 소개하게 됐다.

최근 훈훈한 아름다움을 언론 기사를 통해 접하게 됐다. 서울 송파구 인근 영화관에서 수표 1억2000만원과 통장을 잃어버린 사람이 있었고, 이를 18일 청소용역 직원이 찾아 경찰에 신고한 것이다. 경찰은 오는 19일 주인에게 용역직원의 입회 아래 인계를 할 것이라고 한다. 돈의 유혹을 떨치고 주인에게 돌려주기 위해 경찰에 신고한 용역직원에게 이 칼럼을 빌어 박수갈채를 보내고자 한다.

이런 가운데 최근 국내에서는 발견되지 않았던 변이 바이러스인 이른바 '인도 변이 바이러스'에 확진자가 처음 확인됐다고 한다. 이 변이 바이러스는 전파력이나 치명률이 아직 미진한 상태라고 해서 국민들을 더욱 두려움에 떨게 하고 있다. 이런 상황에서 우리에게 희망이 될 '미'는 정부가 바이러스 차단을 위해 구슬땀 흘리는 모습이 아닐까 한다. 정부가 국민들을 덜 불안하게 만들어주도록 철저한 방역을 펼쳤으면 하는 바램이다.

우태훈의 詩談 · 34

엘리엇 '황무지-죽은자의 매장'

사월은 가장 잔인한 달.

죽은 땅에서 라일락을 키워내고
추억과 욕정을 뒤섞고
잠든 뿌리를 봄비로 깨운다.

겨울은 오히려 따뜻했다.

잘 잊게 해주는 눈으로 대지를 덮고
마른 구근으로 약간의 목숨을 대어 주었다.

슈타른버거 호 넘어로 소나기와 함께 갑자기
여름이 왔지요.

우리는 주랑에서 머물렀다가
햇빛이 나자 호프가르텐 공원에 가서
커피를 들며 한 시간 동안 얘기했어요.

저는 러시아인이 아닙니다.
출생은 리투아니아이지만 진짜 독일인입니다.

어려서 사촌 태공 집에 머물렀을 때
썰매를 태워줬는데 겁이 났어요.

그는 말했죠, 마리 마리 꼭 잡아.
그리곤 쏜살같이 내려갔지요.

산에 오면 자유로운 느낌이 드는군요.
밤에는 대개 책을 읽고 겨울엔 남쪽에 갑니다.

- 엘리엇 시 '황무지-죽은자의 매장'

Ⅰ 이번 칼럼에서는 영어로 쓰인 '최초의 현대시'로 불리는 엘리엇 시인의 황무지를 소개하고자 한다. 1888년 미국에서 태어나 영국으로 귀화한 엘리엇 시인은 모더니스트 작가로 정평이 난 인물이다. 모더니스트란 근대적인 감각을 나타내는 예술을 의미한다. 즉 엘리엇 시인의 작품들은 시인이 살던 당시를 예술로 만들어낸 산물로 볼 수도 있다. 이번에 소개

하는 작품 '황무지'도 그렇다.

엘리엇 시인은 모더니즘을 바탕으로 깔고 황무지라는 시를 썼다. 제목에서 보이는 죽은 자의 매장은 종교적 행사의식이 돋보인다. 모든 것을 일으켜 세우는 4월 만물에는 소생의 기운이 느껴진다. 죽은 듯이 보이는 나뭇가지에는 새롭게 푸른 잎들이 고개를 들기에는 잔인하다고 한다. 겨우네 죽은 듯이 보이는 동토에는 새로운 꽃잎을 피우기 위해 몸부림을 치는 것이다. 봄은 어느새 소낙비와도 같이 사라지고 갑작스런 여름이 오듯 말이다.

필자는 시인이 이 작품을 통해 언급한 '4월은 가장 잔인한 달'이라는 부분에 주목했다. 현재 미얀마 사태의 장기화와 연관이 깊은 대목이기 때문이다. 현재 미얀마는 군부 쿠데타로 인해 수백명의 희생자가 나왔다. 민주화의 쟁취는 길고도 험한 여정인 것 같다. 여기서 민주화 세력이 수그러든다면 미얀마는 군부정치의 종식이 지속될 것이라고 생각한다. 민주화 투쟁으로 자유대한민국을 군부정치에서 구해낸 민주열사들의 고귀한 희생에도 숙연해진다.

4월이면 삼라만상이 생동하듯. 미얀마에서 잔인하게 민주주의가 죽은 민중의 정신 속에서 다시 한 번 민주의 꽃이 피어나길 기대해본다.

우태훈의 詩談 · 35

예이츠 '그대 늙어서'

그대 늙어서 머리 희어지고 잠이 많아져
난롯가에서 졸게 되거든 이 책을 꺼내서 천천히 읽으라,
그리고 꿈꾸라, 한때 그대 눈이 지녔던 부드러운 눈빛을,
그리고 깊은 음영을.

그대의 매력적인 순간들을 얼마나들 좋아했으며,
진정이든 거짓이든 그대의 아름다움을 사랑했는지를,
그러나 한사람은 그대의 유랑혼을 사랑했고,
그 변해가는 얼굴의 슬픔을 사랑했는지를.

그리고 난롯불에 붉게 빛나는 방책 옆에서
몸을 굽히고 중얼거리라, 조금 슬프게,
사랑이 저 위 산을 걷다가
그 얼굴을 별무리 속에 감추었다고.

- 예이츠, 시 '그대 늙어서'

❙ 이번 칼럼에서는 아일랜드의 문호이자 1923년 노벨문학상을 수상한 예이츠 시인의 작품 '그대 늙어서'를 소개하고자 한다. 예이츠 시인은

1865년 아일랜드 더블린에서 화가의 아들로 세상에 눈을 떴다. 그의 이번 작품은 젊어서 만났던 애인을 늙어서 회상하는 방식의 시로 알려졌다. 젊었을 때 그대의 외모를 좋아했던 많은 젊은이들이 늙은 모습을 상상이나 했을까. 그러나 예이츠 시인은 상대방의 늙음도 사랑했다고 술회한다. 그리고 애인으로 하여금 읽어보라고 한다. 사랑이 달아나 산등성이를 걷다가 별무리 속으로 사라졌다고, 그는 이미 어떤 결론에 도달할지를 예견했던 모양새다. 결과를 예견하면서 현재를 충실히 살아간다면 그만큼 후회를 줄일 수 있지 않을까.

최근 한 사건이 눈에 밟힌다. 대학교 여자기숙사에 남자 4명이 침입해 문을 두드리고 고함을 지르는 등 난동을 부리고 도주하는 사건이 최근 발생했다고 한다. 2일 울산경찰청에 따르면, 울산대학교 여학생 기숙사에는 신원을 알 수 없는 남자 4명이 침입했다. 기숙사 사회관계망서비스(SNS) 등 온라인 커뮤니티에는 당시 상황을 설명하며 공포감을 호소하는 피해 학생들의 글이 올라왔다. 신원미상의 남자 4명은 본인들의 결과를 예견하고 행동했던 것일까. 아마 그렇지 않았기 때문에 피해자에게 큰 상처를 안긴 '실수'를 했다고 생각한다. 미래를 예견하고 인생을 살아갈 수 있다면 얼마나 좋을까. 우리의 눈살을 찌푸리게 하는 사건사고도 크게 줄어들 것으로 본다.

우태훈의 詩談 · 36

빅토르 위고 '나는 왔노라 보았노라 이겼노라'

이젠 살 만큼 살아서 아무리 괴로워도
날 부축해줄 사람 없이 혼자 걷는다.
어린 아이들에게 둘러싸여도 웃음을 잃었고
꽃을 쳐다봐도 즐겁지 않다.

봄이 되어 하느님이 자연의 축제를 벌여도
기쁜 마음도 없이 이 찬란한 사랑을 뿐이다.
지금은 햇빛을 피해 도망치며
은밀한 슬픔만 깨닫는 시간이다.

내 마음의 은근한 희망은 깨어나고
장미 내음 훈훈한 이 봄철에
아 내 딸이여, 네가 잠든 무덤을 생각한다.
이젠 내 가슴도 시들고 몸도 늙었다.

나는 이 지상의 임무를 거절하지 않았다.
내가 가꾼 밭, 내가 거둔 열매는, 다 여기 있고
나는 언제나 미소하며 편안한 마음으로
신비한 것에 마음 끌리며 살아왔다.

나는 할 수 있는 일 다 하였고, 남을 위해 봉사했고 밤을 세웠다.
남들이 내 슬픔을 비웃는 것도 보아왔고,
남달리 고통 받고 일한 덕분에
놀랍게도 원한의 대상이 되기도 하였다.

날개도 펼 수 없는 이 지상의 도형장,
불평도 없이 피를 흘리며 두 손으로 넘어진 채,
서글프게 기진하여 죄수들의 비웃음을 사며
나는 영원한 쇠사슬의 고리를 끌고 왔다.

이제 내 눈은 반밖에 뜨이지 않고
누가 불러도 몸을 돌릴 수 없다.
한잠도 못 자고 새벽 일찍 일어난 사람 같이
권태와 무감각만이 나를 누른다.

입을 모아 나를 비난하는 정적에게도
이제 나는 지쳐 응수할 용기조차 없다.
오 주여, 밤의 문을 열어 주소서.
내 여기를 떠나 멀리 사라지도록.

– 빅토르 위고, 시 '나는 왔노라 보았노라 이겼노라'

Ⅰ 이번 칼럼에서는 프랑스의 국민시인 빅토르 위고를 소개하고자 한다.

시저의 유명한 말 '나는 왔노라, 보았노라, 이겼노라'라는 제목에서 알 수 있듯 범상치 않은 시임을 유추할 수 있다. 위고 시인의 딸은 결혼 7개월 만에 그의 남편과 함께 사고사를 당한 것으로 알려졌다. 그리고 이번에 소개하는 시는 위고 시인이 딸에 대한 추모를 쓴 것으로도 전해진다. 딸을 생각하니 권태롭고 무기력함만 더해가고, 떠나고 싶지만 외면할 수 없는 현실을 위고 시인은 애통해했다. 하지만 깊은 상처는 큰 진주를 만든다고 했다. 위고 시인은 딸을 일찍 잃은 큰 슬픔을 문학으로 승화해 프랑스의 문호로 거듭났다고 생각한다.

이 시를 소개하는 또 다른 이유는 정치 기사를 살펴보던 중 '도전적인 느낌의 정치인'이 등장했기 때문이다. 1971년생인 70년대생 박용진 더불어민주당 의원의 대통령 출마 관련 기사가 그 예다. 박 의원은 9일 오전 11시 국회 앞에서 대통령 출마 선언식을 열었다. 그는 "정치가 바뀌지 않으면 세상을 바꿀 수 없다"며 자신의 포부를 밝혔다. 젊다면 젊은 정치인의 도전을 응원한다. '젊은 대통령'을 꿈꾸는 그가 정권을 잡고 정치를 바꾼다면 우리가 사는 세상은 '확' 달라질 수 있을까. 과거보다 나은 미래를 만드는 이 세상의 모든 젊은이들을 이 자리를 빌려 응원하고자 한다.

우태훈의 詩談 · 37

테니슨 '율리시스'

하릴없는 왕으로서,
이 적막한 화롯가, 불모의 바위 틈서리,
늙은 아내와 짝하여,
먹고 자고 욕심만 부리는 야만 족속에게,
어울리지 않는 법이나 베푼다는 것,
쓸모없는 짓이다.

방랑을 쉴 수 없는 나,
인생을 찌꺼기까지 마시련다.

나를 따르는 자들과,
또는 혼자서 언제나 크낙한 즐거움 맛보고,
또는 크낙한 고난 당하였으니,
뭍에서 또한 달리는 구름 사이로,
비에 젖은 히아데스 성좌가
검푸른 바다를 노엽게 할 때
이제 하나의 이름이 되어버린 나.
굶주린 심정으로 방랑하면서
본 것, 배운 것도 많다.

혹시는 심연이 우리를 삼킬지 모르나,
혹시는 행복의 섬에 닿아
우리 옛 친구 위대한 아킬레스 다시 보리라.

- 테니슨, 시 '율리시스'

Ⅰ 이번 칼럼에서는 1809년 영국 링컨셔의 서머스에서 태어난 알프레드 테니슨 작가의 시 '율리시스'를 소개하고자 한다. 테니슨 시인은 영국 남작의 귀족 칭호를 받은 인물로도 정평이 났다. 특히 그는 문학적인 업적만으로 귀족 칭호를 받은 것으로 유명하다.

테니슨 시인은 이 작품을 통해 인류의 고난과 희망을 동시에 보여주고 있다. 마지막 연인 "혹시는 심연이 우리를 삼킬지 모르나, 혹시는 행복의 섬에 닿아 위대한 아킬레스 다시 보리라"는 문구가 이를 방증한다.

이 시를 보면 우리의 옛말인 '고진감래苦盡甘來'가 떠오르기도 한다. 고진감래의 뜻 역시 '쓴 것이 다하면 단 것이 온다'는 말이다. 율리시스와 고진감래의 공통점은 쓴 것이 다하면 단 것이 온다는 점이다.

최근 산업계 얘기를 해보고자 한다. 삼성디스플레이와 LG디스플레이가 17일(미국 현지시간)부터 온라인으로 열리는 국제전시회 'SID 2021'에 나란히 참가해 차세대 디스플레이 기술을 뽐낸다고 한다. 더욱이 이 행사는 국제정보디스플레이학회(SID)가 주관하는 세계 최대 규모의 디스플레이 행사로 알려졌다.

삼성디스플레이와 LG디스플레이가 선의의 디스플레이 기술을 선보이며 인류의 진보에 힘을 기울여주길 기대해본다. 두 기업의 경쟁은 경쟁이라는 파도를 직면할 수 있으나, 인류에 있어서는 새로운 희망을 제시할 가능성이 높기 때문이다.

우태훈의 詩談 · 38

딜런 토머스 '유독 시월 바람이'

유독 시월 바람이 서릿발 손가락으로
내 머리칼 괴롭힐 때면,
움켜잡는 태양에게 붙들려 불 위를 걸으며,
땅위에 게의 그림자를 던진다.
바닷가, 새들의 지껄임을 들으면서
겨울 막대기 사이 까마귀 기침 소릴 들으면서
떨며 지껄이는 바쁜 내 심장
마디마디 피 흘려 낱말들을 쏟아낸다.

또한 낱말 탑에 갇혀서 나는,
지평 위에 나무처럼 걷고 있는

여인들의 수다스런 모습과
공원의 별 몸짓한 아이들 소릴 본다.
당신에게 홀소리의 너도나무로 몇 마디 말을 지어 드리지
또는 참나무 목소리로, 가시 돋힌 지방의 뿌리에서
당신들게 몇 가락 들려 드리지.
물의 말씀으로 몇 줄 말을 지어 드리지.

은화식물 화분 뒤 까딱대는 시계가
시간의 말을 들려주고, 신경성의 의미가
지침 달린 원판 위를 난다, 아침을 웅변한다.
그리고 수탉 풍향계 속 바람 찬 일기를 알린다.
당신들게 초원의 신호로 몇 마디 지어 드리지.
나가 다 아는 소리 말하는 신호 깃발 초목이
벌레 꿈틀대는 겨울과 더불어 눈알 속에 파고든다.
까마귀의 죄에 대해 몇 마디 해드리지.

유독 시월 바람이
거미 혓바닥의 가을 주문으로, 웨일스의 큰 목소리 산으로
당신들게 몇 마디 지어 드리지.
무의 주먹으로 땅을 괴롭힐 때면,
무심한 낱말들로 당신들에게 몇 줄 지어 드리지.
연금술의 혈액이 분주히 달리며 글자 쓰면서
닥쳐오는 광란을 경고하던 심장을 고살시켰다.
바닷가, 어두운 홀소리의 새 소릴 들어라.

- 딜런 토머스, 시 '유독 시월 바람이'

Ⅰ 이번 칼럼에서는 영국이 배출한 딜런 토머스 시인의 '유독 시월 바람이'를 소개하고자 한다. 시월의 바람은 서릿발을 세우듯 손이 시렵다. 태양의 따뜻한 햇살을 한 움큼 쥐어보려 하지만 추위를 녹이기에는 역부족이다. 겨울에 울어대는 까마귀 소리는 더욱 구슬프다. 토머스 시인은 떨리는 심장으로 추위 속에서 이 시를 썼다고 알려졌다.

또 시인은 여인들의 수다와 어린이들의 소리에서조차 시적 영감을 얻었다고 한다. 그리고 그들에게 다시 시를 돌려준다고 했다. 때론 참나무 목소리로, 때론 물의 말씀으로도 시를 돌려준다고 했다.

서기 2021년을 살아가는 우리는 '코로나'로 불리는 질병과 싸우면서 지쳐가고 있다. 만약 시인이 현 시대를 살아가고 있다면, 그는 어떤 방식으로 현대인들을 위로했을지 생각에 잠겨본다.

우태훈의 詩談 · 39

로버트 프로스트 '걸어보지 못한 길'

노란 숲 속 두 갈래길.
나그네 한 몸으로
두 길 다 가 볼 수 없어.
아쉬운 마음으로 덤불 속 굽어든 길을

저 멀리 오래도록 바라보았네.

그러다 다른 길을 택했네.
두 길 모두 아름다웠지만
사람이 밟지 않은 길이 더 끌렸던 것일까.
두 길 모두 사람의 흔적은
비슷해 보였지만.

그래도 그날 아침에는 두 길 모두
아무도 밟지 않은 낙엽에 묻혀 있었네.
나는 언젠가를 위해 하나의 길을
남겨 두기로 했어.

하지만 길은 길로 이어지는 법
되돌아올 수 없음을 알고 있었지.
먼 훗날 나는 어디선가
한숨지으며 말하겠지.

언젠가 숲에서 두 갈래 길을 만났을 때
사람들이 잘 가지 않는 길을 갔었노라고
그래서 모든 게 달라졌다고.

- 로버트 프로스트, 시 '걸어보지 못한 길'

I 이번 칼럼에서는 미국이 낳은 문호 '로버트 리 프로스트' 시인의 작품 '걸어보지 못한 길'을 소개하고자 한다. 프로스트 시인은 1961년 케네디 미국 대통령 취임식 때 자작시를 낭송해 시에 대한 전 국민적 관심을 촉발시키기도 했다. 프로스트 시인의 당시 인기는 엄청났다. 전통적인 농장 생활에 관한 시를 씀으로서 옛것에 대한 향수를 불러일으키는 독특한 특징이 있던 것. 특히나 그는 인유나 생략법 등을 거의 사용하지 않는 문장을 구사하는 것으로도 유명했다.

필자는 이번 칼럼에서 이 시를 소개하는 또 다른 이유는 30일 문재인 대통령이 서울에서 열린 '2021 P4G 서울 녹색미래 정상회의 개회식'에 참석해 공식개회를 선포한 것과 연관이 깊다. P4G는 녹색성장과 2030 글로벌 목표를 위한 연대를 뜻하며 우리나라에서는 처음 열린 환경 다자회의다. 즉 프로스트 시인의 시 '걸어보지 못한 길'처럼 처음 가는 길을 현 정권이 걷고 있는 것이다.

문 대통령은 이날 2021 P4G 서울 녹색미래 정상회의 개회식에 참석해 "한국은 '2030 국가 온실가스 감축목표'를 추가 상향하겠다"고 밝혔다. 이어 "해외 신규 석탄발전 공적 금융지원도 중단하기로 했다"며 "국내에서는 이미 우리 정부 출범과 함께 신규 석탄화력발전소 건설 허가를 전면 중단하고, 노후 석탄화력발전소 열 기를 조기 폐지하면서 태양광과 풍력 등 재생에너지 발전 비중을 빠르게 늘리고 있다"고 부연했다. 현 정권이 선포한 녹색정책이 흔들리지 않고 지속적으로 이뤄지길 희망한다. 그리고 후손들에게 살기 좋은 땅을 물려주기 위한 현 정권의 노력에 박수를 보낸다.

우태훈의 詩談 · 40

바이런 '아나크레온의 사랑 노래'

나의 떨리는 리라를
이름 높은 사람의 공훈과 불길 솟는 노래에 맞추리라.

용솟음치는 높은 가락으로
그 옛날 아트레우스의 아들들이 전쟁터에 나갔을 때
또한 티레의 카드무스가 멀리 방랑했을 때
어떻게 그들이 싸우고 나라들이 망했는가를 노래하리라.

그러나 전쟁의 노래를 모르는 나의 리라는
어느덧 사랑의 노래만을 타고 있다.

장차 명성을 떨칠 희망에 불타
나는 숭고한 영웅의 이름을 얻고자 했다.

사라지는 줄을 다시 울리니
나의 리라는 전쟁에 맞춰진다.
불타는 줄로 다시 한 번 영웅곡을 타리라.

주피터의 위대한 아들을 위하여,
머리 아홉 달린 뱀 히드라를 팔로 눌러 죽인

알키데스의 빛나는 공훈을 위하여.

그러나 모두가 허사로다
나의 방종한 리라는
부드러운 욕망의 백은곡을 울리고 있다.

잘 있거라
세상에 이름 떨친 영웅들이여,

잘 있거라
무서운 전쟁의 어지러운 소리여,
그것과는 다른 일들에 내 마음 울렁거린다.
더 아름다운 곡을 타리라.

나의 리라 온갖 역량 다하여
내 마음에 느끼는 곡을 타리라.

사랑이다, 사랑만이다, 나의 리라가 바라는 것은,
행복의 노래 속에서 불 뿜는 탄식 속에서.

- 조지 고든 바이런, 시 '아나크레온의 사랑 노래'

| 이번 칼럼에서는 1788년 1월22일 영국 런던에서 태어난 조지 고든 바

이런 시인의 작품 '아나크레온의 사랑 노래'를 소개하고자 한다. 바이런 시인은 이 시를 통해 국가의 존망을 노래한다. 또 용감무쌍한 이들의 빛나는 공훈을 위한 연주를 시로 표현했다는 게 문학계의 정론이다. 이 시를 소개하는 또 다른 이유는 바로 6일 진행된 제66회 현충일과 연관이 깊다. 우리에게 대한민국이란 땅에서 자유롭게 살아갈 수 있게 숭고한 피를 흘린 순국선열들 생각하기 위함이다. 바이런 시인이 이 시를 통해 소개한 "나의 리라는 전쟁에 맞춰진다"며 "불타는 줄로 다시 한 번 영웅곡을 타리라"고 강조한 부분이 이를 방증한다.

문재인 대통령은 이날 오전 국립서울현충원 현충탑 앞에서 열린 제66회 현충일 추념식에 참석해 "오늘 우리는 현충일 추념식 최초로 국립서울현충원과 국립대전현충원, 부산 UN기념공원을 화상으로 연결해 자유, 평화, 민주, 인류애를 위해 헌신한 모든 분들을 기리고 있다"고 밝혔다. 이어 "국립서울현충원에는 독립유공자와 참전용사, 전임 대통령들과 무명용사들이 잠들어 있고, 국립대전현충원에는 독립유공자와 참전용사뿐 아니라 독도의용수비대, 연평해전과 연평도 포격전 전사자, 천안함의 호국영령이 계신다"고 부연했다.

오늘만큼은 대한민국 순국선열들을 위해 글을 쓰고자 했다. 진정 우리 선조들의 헌신으로 가난을 극복하고 민주주의를 발전시킨 대한민국이기 때문이다. 선조들의 숭고한 희생이 있었기에 지금의 살기 좋은 대한민국이 됐다. 66번째 현충일을 맞이해 이웃을 더욱 생각하는 우리가 되면 어떨까. 그것이 현재를 살아가는 우리의 애국이 아닐까 싶다.

쟈크 프레베르 '국립미술학교'

밀짚 바구니 속에서
아버지는 종이 뭉치 하나를 골라낸다.
그러고는 궁금해하는 아이들 앞에서 물통 속에 그걸 집어넣는다.
그러자 알록달록한
커다란 일본 꽃이
솟아난다.
즉흥의 연꽃
신기하여 아이들은
입 다물고 말이 없다.
훗날 그 아이들 추억 속에서는
저희들을 위하여
문뜩 피어난 이 꽃은
저희 앞에
그 순간에
피어난 이 꽃은
영원히 시들지 않겠네.

– 쟈크 프레베르 '국립미술학교'

| 이번 칼럼에서는 프랑스인들에게 사랑 받는 시인 중 한 명인 쟈크 프레베르 시인의 '국립미술학교'를 소개하고자 한다. 1900년 프랑스 파리 교외인 뇌이쉬르센에서 태어난 프레베르 시인은 제2차 세계대전을 겪은 프랑스 국민들에게 자유를 떠올릴 수 있는 시를 써서 희망을 줬다. 프레베르 시인은 평화주의자를 옹호한 인물이기도 하다. 국민들에게 희망을 주는 시, 그 시 중 대표적인 시가 바로 '국립미술학교'가 아닐까 싶다.

국립미술학교 작품을 소개하는 또 다른 이유는 최근 정치권 소식과 연관이 있다. '제1야당' 국민의힘은 지난 11일 새로운 당대표를 선출했다. 신임 당대표는 '30대 젊은 청년'인 이준석씨다. 이준석 신임 대표가 앞으로 선보일 행보는 우리 국민들에게 희망을 줄 수 있는 행보일지 귀추가 주목된다. 이 대표의 행보가 국민들에게 '시들지 않는 열정의 꽃' '젊은 혁신의 꽃'으로 기억됐으면 한다.

우태훈의 詩談 · 42

라빈드라나드 타고르 '동방의 등불'

일찌기 아시아의 황금시기에
빛나던 등불의 하나인 코리아.

그 등불 다시 한번 켜지는 날에

너는 동방의 밝은 등불이 되라.

마음에 두려움이 없고
머리는 높이 쳐들린 곳.

지식은 자유롭고
좁다란 담벽으로 세계가 조각조각 갈라지지 않는 곳,

진실의 깊은 속에서 말씀이 솟아나는 곳
끊임없는 노력이 완성을 향하여 팔을 벌리는 곳,

지성의 맑은 흐름이 굳어서 습관의 모래 벌판에 길 잃지 않는 곳
무한히 퍼져나가는 생각과 행동으로 우리들의 마음이 인도되는 곳,

그러한 자유의 천국으로
나의 마음의 조국 코리아여 깨어나소서.

- 라빈드라나드 타고르 '동방의 등불'

Ⅰ 이번 칼럼에서는 인도의 시성으로 불리는 라빈드라나드 타고르 시인의 작품인 '동방의 등불'을 소개하고자 한다. 1861년 인도 벵골 지방인 캘커타에서 태어난 타고르 시인은 17세라는 어린 나이에 영국을 유학한 바 있고, 명문가문 출신으로 종교 및 철학적 사상을 바탕으로 한 문학에

힘을 썼다. 더욱이 이번에 소개하는 동방의 등불은 타고르 시인이 1922년 일본을 방문하면서 이웃나라인 우리나라 방문 요청에 응하지 못하자 미안한 마음에 〈동아일보〉에 기고한 시로 유명하다.

이 시는 서두에 우리나라의 앞날을 예언했고, 본론에서는 우리 국민들의 성품과 지식의 우수함을 강조했다. 시인 본인은 또 우리나라를 동방예의지국으로 평가했다. 나아가 우리나라의 찬란한 부활을 희망했다. 더욱이 이 시가 쓰여질 당시 우리나라는 일제로부터 식민통치를 받는 암울한 시기를 보내고 있을 때다. 즉 우리 선조들에게 그는 희망을 주는 시를 선물한 것이다. 당시 우리 선조들은 이 시를 입으로 외우고 마음에 간직하며 해방의 그날을 기다렸다고도 한다.

이 시는 현재 전 세계인들이 코로나19 대유행으로 암울한 시절을 보낼 때 백신개발로 예방주사를 맞고, 코로나 종식을 기다리는 마음과도 같을 것이다. 우리 국민들에게 희망을 줬던 시, 동방의 등불이 다시 한 번 켜져서 전 세계를 밝게 비춰졌으면 싶다.

우태훈의 詩談 · 43

김영랑 '모란이 피기까지는'

모란이 피기까지는,
나는 아직 나의 봄을 기다리고 있을테요.

모란이 뚝뚝 떨어져버린 날
나는 비로소 봄을 여읜 설움에 잠길테요.

오월 어느 날, 그 하루 무덥던 날.

떨어져 누운 꽃잎마저 시들어버리고는 천지에 모란은 자취도 없어지고
뻗쳐오르던 내 보람 서운케 무너졌느니.

모란이 지고 말면 그뿐, 내 한해는 다 가고 말아,
삼백예순 날 하냥 섭섭해 우옵내다.

모란이 피기까지는,
나는 아직 기다리고 있을테요, 찬찬한 슬픔의 봄을.

– 김영랑, 시 '모란이 피기까지는'

Ⅰ 이번 칼럼에서는 김영란 시인의 작품인 '모란이 피기까지는'을 소개하고자 한다. 1903년 전남 강진에서 태어난 김 시인은 일본 아오야마학원에서 영문과를 수학했다. 그는 지난 1934년 4월 '문학'에 '모란이 피기까지는'이라는 작품을 출품했다. 이 작품은 시인의 대표작의 하나로 유미주의적 작품이다. 봄을 기다리고, 봄을 상실하고, 봄을 기다리는 순환적 구조를 지니는 이 작품은 희망을 노래한다.

이 시를 소개하는 이유는 최근 정치권에 눈에 띄는 인물을 찾은 것과 연관이 깊다. 30대 청년인 이준석 당대표를 선출한 국민의힘은 '나는 국대다'라는 대변인직 선출 작업에 돌입했다. 그리고 이 자리에는 고등학교 3학년인 김민규 군이 8강에 올랐다. 김군이 어린 나이임에도 불구하고 정치권에 많은 관심을 보이고 관련 지식을 많이 갖춘 점을 보면 안도감이 든다.

더욱이 김군은 지난 25일 YTN 채널 뉴스큐에 출연해 국민의힘 대변인직에 출사표를 낸 이유에 대해 "대변인 토론배틀은 이 대표께서 들고 나오신 공약"이라며 "이게 바른정당 때부터 관심 있게 지켜보던 이 대표님의 정견에 정확히 부합하는 활동이라고 생각을 하고 있었다"고 운을 뗐다. 이어 "사실 대입을 준비하는 고3 수험생의 입장에서 지원 자체를 오랫동안 고민했었다"며 "하지만 기존에 목소리를 내지 못했던 청소년이나 소수층들이 공정한 경쟁을 통해 목소리를 피력할 수 있는 기회가 제공되었을 때 이에 적극적으로 참여하는 것이 선거권을 가진 시민으로서의 의무이자 당위이지 않을까 지원을 결심하게 됐다"고 부연했다.

김군의 소신발언을 듣고 있으니 흐뭇했다. 정당이나 정치적 색을 떠나서 청년들의 정치 관심은 우리나라를 건강하게 만드는 청신호라고 생각하기 때문이다. 그런 점에서 김 시인의 작품인 '모란이 피기까지는'이 필자의 머리를 스친 것 같다.

우태훈의 詩談 · 44

유치환 '깃발'

이것은 소리 없는 아우성.
저 푸른 해원을 향하여 흔드는
영원한 노스텔지어의 손수건.

순정은 물결같이 바람에 나부끼고
오로지 맑고 곧은 이념의 푯대 끝에
애수는 백로처럼 날개를 펴다.

아! 누구인가
이렇게 슬프고도 애닯은 마음을
맨 처음 공중에 달 줄을 안 그는.

– 유치환, 시 '깃발'

❙ 이번 칼럼에서는 1908년 경남 충무에서 태어난 유치환 시인의 작품 깃발을 소개하고자 한다. 유 시인은 이 작품에서 이상향에 대한 동경을 깃발을 통해 형상화했다. 이상과 현실사이를 뛰어넘을 수 없는 인간의 근원적 한계를 깃발에 비유해 표현하고자 한 시인은 충족될 수도 없는 향수를 영원한 향수로 남겼다. '깃발'은 바람이 부는 대로 소리 없이 흔들린다. 아우성 치듯이 말이다. 넓은 바다를 향해서 돛대가 흔들리듯 깃발은 흔들리며 전진한다.

작금의 여야에서는 차기 대통령 선거를 위한 주자들이 여러 명 등장했다. 그들은 각기 대선공약과 정치이념을 가지고 나왔다. 그러나 대통령에 당선되는 주자는 단 한 명일 것이다. 정상에 깃발을 꽂는 것은 누가 될 것인가. 대선주자와 유권자는 꿈과 희망을 안고 앞으로 전진해야 할 것이다. 그것은 어쩌면 깃발의 운명을 안고 가는 우리 국민들의 모습을 유 시인이 잘 투영한 게 아닌가 싶다.

우태훈의 詩談 · 45

조지훈 '승무'

얇은 사 하이얀 고깔은
고이 접어서 나빌레라.

파르라니 깍은 머리
박사고깔에 감추오고,

두 볼에 흐르는 빛이
정작으로 고와서 서러워라.

빈 대에 황촉불이 말 없이 녹는 밤에
오동잎 잎새마다 달이 지는데,

소매는 길어서 하늘은 넓고,
돌아설 듯 날아가며 사뿐히 접어올린 외씨버선이여.

까만 눈동자 살포시 들어 먼 하늘 한 개 별빛에 모두 오고,

복사꽃 고운 뺨에 아롱질 듯 두 방울이야
세사에 시달려도 번뇌는 별빛이라.

휘어져 감기우고 다시 접어 뻗는 손이
깊은 마음 속 거룩한 합장인 양하고,

이 밤사 귀또리도 지새우는 삼경인데
얇은 사 하이얀 고깔은 고이 접어서 나빌레라.

– 조지훈, 시 '승무'

Ⅰ 이번 칼럼에서는 청록파 시인으로 잘 알려진 조지훈 시인의 시 '승무'를 소개하고자 한다. 1920년 12월 경북 영양군에서 태어난 조 시인은 식민지 치하의 고통을 집약적으로 표현하기도 하고, 전쟁의 비극적 국면을 시화한 인물로 정평이 났다. 더욱이 정지용 시인은 추천사를 통해 '자연과 인공의 극치'라고 말하고, 우리말이 도달할 수 있는 가장 높은 경지의 시라고 조지훈 시인의 작품들을 극찬했다. 특히 이 작품은 조 시인이 20세일 때의 일이다. 그의 시적 천부적 재능을 엿볼 수 있다. 혹자는 위 시를 김소월 시인의 '진달래 꽃'과 더불어, 4년간 400번 퇴고를 거듭했다고도 한다. 예술가는 창조적 고뇌의 정신이 필요하다는 것을 여실히 보여주는 작품이라고도 하겠다.

아울러 조 시인의 '승무'를 소개하는 또 다른 이유는 조만간 진행될 도쿄올림픽과도 연관이 있다. 문재인 대통령과 스가 요시히데 일본 총리의 정상회담이 이달 23일부터 다음달 8일까지 일본 도쿄에서 열리는 도쿄올림픽을 계기로 성사될 가능성이 있다는 언론 보도를 접했다. 관련 언론 보도 중 청와대가 11일 문재인 대통령의 도쿄올림픽 참석 여부를 놓고 일본측에 사실상의 '최후통첩'을 날렸다는 내용이 눈에 띈다. 우리 정부와 일본 정부가 풀어야 할 주요 현안 중 최소 하나의 현안에 대해서는 성의 있는 논의가 이뤄질 경우에만 문 대통령의 방일 일정이 결정된다는 것이다. 우리 정부와 일본 정부가 풀어야 할 주요 현안은 일본군 피해 할머니 문제(위안부), 강제징용노동자 문제, 일본 수출 규제, 후쿠시마 원전 오염수 방류 등이다. 현 정권이 일본 정부와 원활한 외교를 통해 주요 현안들을 해결했으면 하는 기대를 해본다. 그래야만 조 시인의 '승무'를 읽을 때 가슴 아픈 마음을 덜 수 있을 것 같다.

우태훈의 詩談 · 46

이육사 '청포도'

내 고장 칠월은
청포도가 익어 가는 시절

이 마을 전설이 주저리주저리 열리고
먼 데 하늘이 꿈꾸며 알알이 들어와 박혀

하늘 밑 푸른 바다가 가슴을 열고
흰 돛단배가 곱게 밀려서 오면,

내가 바라는 손님은 고달픈 몸으로
청포를 입고 찾아온다고 했으니

내 그를 맞아 이 포도를 따 먹으면
두 손은 함뿍 적셔도 좋으련

아이야, 우리 식탁엔 은쟁반에
하이얀 모시 수건을 마련해 두렴

– 이육사, 시 '청포도'

❙ 이번 칼럼에서는 1904년 4월 4일 경북 안동에서 태어난 이육사 시인의 시 '청포도'를 소개하고자 한다. 이 시인의 이름은 원록이라고 한다. 그는 보문의숙에서 신학문을 배우고, 대구 교남학교에서 잠시 수학한 것으로 알려졌다. 더욱이 그는 시를 통해 식민지하의 민족적 비운을 소재로 삼아 강렬한 저항 의지를 나타내고, 꺼지지 않는 민족정신을 장엄하게 노래했다.

청포도란 시는 1939년 '문장' 8월호에 출품작으로 독립운동을 하던 이 시인은 17회나 감옥에 투옥되는 일을 겪으면서도 많은 시를 써서 명성을 남겼다. 특히 광야, 절정이라는 작품을 통해 조국 광복의 염원을 강한 신념처럼 담아냈다. 청포도란 시 역시 일제의 억압에서 해방되어 평화로운 삶을 염원하면서 썼던 것.

특히 청포도란 작품은 조국 해방을 생각하면서, 그 기쁨을 미리 맛본 듯 하는 느낌을 자아내는 특징을 가지고 있다. 하얀 모시 수건에서는 백의민족의 순수성을 느끼고, 일제의 총칼에 맞서는 강력한 정신력도 담아냈다.

우리는 현재 코로나19와 싸우고 있다. 이 시기에 우리는 청포도란 작품을 읽어보면서 희망을 가지고 현재 상황을 극복해보면 어떨까.

박인환 '목마와 숙녀'

한 잔의 술을 마시고
우리는 버지니아 울프의 생애와
목마를 타고 떠난 숙녀의 옷자락을 이야기한다.

목마는 주인을 버리고 거저 방울 소리만 울리며
가을 속으로 떠났다.

술병에서 별이 떨어진다.
상심한 별은 내 가슴에 가벼웁게 부숴진다.

그러한 잠시 내가 알던 소녀는
정원의 초목 옆에서 자라고
문학이 죽고 인생이 죽고
사랑의 진리마저 애증의 그림자를 버릴 때
목마를 탄 사랑의 사람은 보이지 않는다.

세월은 가고 오는 것
한때는 고립을 피하여 시들어 가고
이제 우리는 작별하여야 한다.

술병이 바람에 쓰러지는 소리를 들으며
늙은 여류 작가의 눈을 바라다보아야 한다.

……등대에……

불이 보이지 않아도
그저 간직한 페시미즘의 미래를 위하여
우리는 처량한 목마 소리를 기억하여야 한다.

모든 것이 떠나든 죽든
그저 가슴에 남은 희미한 의식을 붙잡고
우리는 버지니아 울프의 서러운 이야기를 들어야 한다.

두 개의 바위틈을 지나 청춘을 찾는 뱀과 같이
눈을 뜨고 한 잔의 술을 마셔야 한다.

인생은 외롭지도 않고
그저 잡지의 표지처럼 통속하거늘
한탄할 그 무엇이 무서워서 우리는 떠나는 것일까.

목마는 하늘에 있고
방울 소리는 귓전에 철렁거리는데.

가을바람 소리는
내 쓰러진 술병 속에서 목메어 우는데.

– 박인환, 시 '목마와 숙녀'

ㅣ 이번 칼럼에서는 1950년대 우리나라 모더니즘 시인의 대표격인 박인환 시인의 작품인 '목마와 숙녀'를 소개하고자 한다. 박 시인은 1926년 강원도 인제에서 태어나 25살의 젊은 나이에 6.25 전쟁을 겪게 됐다. 전쟁 당시 그는 종군기자로 전장을 누비며 분단국가의 비극적 참상을 목도했다. 전쟁을 겪은 한반도는 잿더미 속 폐허가 됐던 것. 박 시인이 할 수 있는 일이라곤 절망감과 허무에 휩싸인 시민들에게 정서를 불러일으키는 일이다. 그것은 목마를 타고 떠난 숙녀 버지니아 울프를 기억해내고, 국민들을 위로하는 것이다. 모든 것이 전쟁으로 말미암아 제 기능을 할 수 없을 때 버지니아 울프의 순수한 눈을 바라보며 순수함으로 돌아가 새롭게 다시 시작하는 희망을 국민들에게 각인시키고자 한 것이다.

내년 제20대 대통령 선거를 앞두고 집권당 잠룡들간 네거티프 설전이 매우 뜨거운 모양새다. 이재명 경기도지사와 이낙연 전 대표가 이른바 '백제 발언'을 놓고 충돌한 게 그렇다. 이 지사는 최근 중앙일보와의 인터뷰를 통해 "한반도 5000년 역사에서 소위 백제, 호남 이쪽이 주체가 돼서 한반도 전체를 통합한 예가 한 번도 없다"고 밝혔다. 이 지사의 백제 발언에 대해 호남 출신 잠룡인 이 전 대표는 지난 24일 자신의 페이스북을 통해 "지역구도에는 훨씬 더 조심스럽게 접근해야 한다"는 글을 올려 반박했다. 이 지사 측도 재반박했다. 우원식 의원은 "김대중 노무현의 정신을 훼손하는 망국적 지역주의를 이낙연 캠프가 꺼내들어 지지율 반전을 노리다니, 참으로 충격적"이라고 주장했다.

6.25 전쟁은 한민족이 서로 총을 겨눈 가슴 아픈 참극이다. 헌데 최근 우리나라, 좁게는 한 당에서 잠룡들끼리 서로 총을 겨눈 모습에서 조그

만 6.25 전쟁이 연상돼 가슴이 아팠다. 여권의 잠룡들의 거센 신경전은 국민들에게 절대 긍정적으로 보일 리 없다. 한층 성숙한 경쟁을 선보여 주길 유권자의 한 사람으로 기대해본다.

우태훈의 詩談 · 48

김소월 '엄마야 누나야'

엄마야 누나야 강변 살자

뜰에는 반짝이는 금모래빛.

뒷문 밖에는 갈잎의 노래

엄마야 누나야 강변 살자.

- 김소월, 시 '엄마야 누나야'

Ⅰ 이번 칼럼에서는 국민들이 사랑하는 시인 중 한 명인 김소월 시인의 작품 '엄마야 누나야'를 소개하고자 한다. 1902년 평안북도 구성에서 태어난 김 시인은 일제강점기 이별과 그리움을 주제로 우리 민족의 한을

노래하는 듯한 작품으로 우리의 심금을 울렸다. 이번에 소개하는 작품 ‘엄마야 누나야’도 우리 민족의 한을 노래하는 내용의 시로 꼽힌다.

사람은 누구나 평화로운 삶을 소망한다. 요즘처럼 사회가 어지럽고 혼란스러울 때는 일찍이 없었다. 인심이 흉흉해지고, 인정이 메말라가는 것을 주요 뉴스를 통해 접할 수 있다. 체계적이고 규칙적인 삶을 필수로 하는 군대에서조차 요즘은 혼란스러움이 가중되고 있음을 느낀다. 연일 발생하는 군대 내 성폭행 사건이 그렇다.

국방부와 국회 국방위원회 자료를 살펴보면, 군대 내 성관련 규정 위반 징계 처리 현황은 지난 2014년 1091건에서 2019년 1122건으로 증가했다. 여군 성폭력 피해는 지위가 낮은 부사관에 집중됐고, 군대 내 동성 간 성폭행도 상당한 것으로 드러났다. 병역의 의무를 수행해야 하는 많은 젊은이들에게, 또 군을 동경하는 미래세대들을 위해 우리는 무엇을 해야 할 지 깊은 고민을 하게 만드는 대목이다.

그래서일까. 오늘따라 김 시인의 시 ‘엄마야 누나야’에 등장하는 ‘강변에 살자’라는 말이 더욱 구슬프고 깊게 마음을 울리는 것 같다. 군대도 우리사회도 ‘모두가 행복하게 살고 싶은 환경’으로 자리매김하려면 우리 어른들은 더욱 깊은 책임감을 가지고 하루하루를 임해야 하지 않을까.

우태훈의 詩談 · 49

윤동주 '서시'

죽는 날까지 하늘을 우러러
한 점 부끄럼 없기를,

잎새에 이는 바람에도
나는 괴로워 했다.

별을 노래하는 마음으로
모든 죽어가는 것을 사랑해야지.

그리고 나한테 주어진 길을
걸어가야겠다.

오늘 밤에도 별이 바람에 스치운다.

– 윤동주, 시 '서시'

❙ 이번 칼럼에서는 북간도에서 출생해 일제시대를 살다 간 윤동주 시인의 작품 '서시'를 소개하고자 한다. 이 작품은 삶의 진정성을 추구한 작품으로 다분히 잠언적 성격이 농후하다는 게 문학계의 중론이다. 더욱

이 이 작품은 윤 시인이 일본으로 유학을 간 다음 해인 1941년 11월20일에 작성한 것으로 알려졌다. 그래선지 진실을 추구하기 위한 윤 시인의 결연한 각오가 작품에 잘 녹아있다. 즉 윤 시인은 이 시를 통해 순수하고도 양심적인 삶을 살아가고자 다짐했을 것이다.

8일 '불굴의 산악인' 김홍빈 대장의 장례 절차가 산악인들의 애도 속에 마무리됐다. 김 대장은 1991년 북미 최고봉인 드날리 등반 당시 동상으로 열 손가락을 모두 잃고도 장애인 최초 '7대륙 최고봉' 및 '히말라야 14좌'를 완등한 등산가다. 김 대장의 도전정신은 많은 이들에게 큰 희망을 주기도 했다. 김 대장이 보여준 삶은 윤 시인이 쓴 서시의 내용과도 유사한 부분이 많은 것 같다. "죽는 날까지 하늘을 우러러 한 점 부끄럼 없는 삶"을 산 산악인이라고 자부하기 때문이다.

오늘 밤에도 별이 바람에 스치운다. 고인이 된 김 대장의 삶과 도전정신을 가슴 속에 새기고, 그를 애도하고자 한다.

우태훈의 詩談 · 50

박재삼 '울음이 타는 가을 강'

마음도 한 자리 못 앉아 있는 마음일 때,
친구의 서러운 사랑 이야기를

가을 햇볕으로나 동무삼아 따라가면
어느새 등성이에 이르러 눈물 나고나.

제삿날 큰집에 모이는 불빛도 불빛이지만,
해질녘 울음이 타는 가을 강을 보겠네.

저것 봐, 저것 봐,
네 보담도, 내 보담도.

그 기쁜 첫사랑 산골 물소리가 사라지고
그 다음 사랑 끝에 생긴 울음까지 녹아나고
이제는 미칠 일 하나로 바다에 다 와가는
소리 죽은 가을 강을 처음 보겠네.

– 박재삼, 시 '울음이 타는 가을 강'

ㅣ 이번 칼럼에서는 우리나라 서정시의 전통적 음색을 재연하면서도 소박한 일상과 자연에서 시 소재를 찾아 섬세한 가락을 만든 박재삼 시인의 작품 '울음이 타는 가을 강'을 소개하고자 한다. 1933년 4월10일 일본 도쿄에서 태어난 박 시인은 이후 경남 삼천포에서 자랐다. 그곳에서 은사 김상옥 선생을 만나 문단 생활에 발을 디딘다.

'울음이 타는 가을 강' 역시 제삿날을 맞아 큰집에 찾아가며 저녁 노을에 젖은 가을 강을 바라보면서 인생에 대한 상념을 그린 작품으로 알려졌다. 결론적으로 인생의 유한성에 대한 근원적인 한을 보편적인 자연현상인 강물의 흐름을 보면서 삶을 비유한 작품이라 하겠다. 산골물이 첫사랑이라면 바다에 다다를 강물은 인생에서 노년에 해당함을 뜻한 것이기도 하다.

그런 의미에서 15일 제76회 광복절을 맞이해 문재인 대통령이 언급한 축사를 박 시인이 마주했다면 어떨까 생각한다. 문 대통령은 15일 서울 중구 문화역사서울 284에서 열린 광복절 경축사 때 "지난 6월 유엔무역개발회의에서 만장일치로 개발도상국 중 최초로 우리나라를 선진국으로 격상했다"고 했다. 문 대통령 발언에 대해 아마 박 시인은 박수를 쳤을 것이라고 자부한다. 우리의 한을 서정적으로 표현했던 박 시인. 그런 박 시인의 열정이 녹아든 대한민국은 지금 선진국가 문턱에 발을 디뎠다.

우태훈의 詩談 · 51

이형기 '산山'

산은 조용히 비에 젖고 있다.

밑도 끝도 없이 내리는 가을비

가을비 속에 진좌한 무게를
그 누구도 가늠하지 못한다.

표정은 뿌연 시야에 가리우고
다만 윤곽만을 드러낸 산.

천년 또는 그 이상의 세월이
오후 한 때 가을비에 젖는다.

이 심연 같은 적막에 싸여
조는 둥 마는 둥
아마도 반쯤 눈을 뜨고
방심무한 비에 젖는 산.

그 옛날의 격노의 기억은 간 데 없다.
깎아지른 절벽도 앙상한 바위도
오직 한 가닥

완만한 곡선에 눌려 버린 채
어쩌면 눈물어른 눈으로 보듯
가을비 속에 아롱진 윤곽
아 아 그러나 지울 수 없다.

– 이형기, 시 '산山'

ㅣ '기자'로도 활약했고 '평론가'로도 활약했던, '진주가 낳은 문학가' 이형기 시인의 세 번째(시담 칼럼 기준) 작품인 '산'을 소개하고자 한다. 필자는 그동안 이 시인의 작품인 '낙화'와 '대'를 소개한 바다.

이번에 소개하는 작품 '산'은 정적인 시이지만 내면에는 동적인 의미를 담고 있다. 비에 젖은 가을 산을 통해 우리 민족의 오랜 역사적 수난사를 표현하고자 했다는 게 문학계의 중론이다. 겉으로는 조용한 듯 싶으나 내적으로는 강렬한 저항 의지를 담은 작품으로 해석 가능하다.

그동안 우리 민족은 외세에 의해 요하전, 살수전, 임진왜란, 병자호란, 일제강점기 등을 직면했었다. 그 과정에서 우리 민족은 시련을 겪었고, 싸우고 이겨냈다. 깍아지른 절벽이 완만한 곡선 아래 눌리듯, 외세 침략이 아무리 강렬할 지라도 백의민족 홍익인간 정신 아래에 눌릴 것이란 얘기이기도 하다.

아울러 2020 도쿄올림픽이 최근 막을 내렸으나 장애인 선수들이 출전하는 2020 도쿄 패럴림픽은 오는 24일 시작된다. '올림픽에서는 영웅이 탄생하고, 패럴림픽에서는 영웅이 출전한다'라는 명언이 있다. 우리나라 패럴림픽 출전 영웅들이 코로나19로 어려움을 겪는 우리 국민들에게 큰 희망을 선사해주길 기대해본다.

우태훈의 詩談 · 52

이생진 '그리운 바다 성산포'

살아서 고독했던 사람 그 사람 빈 자리가 차갑다
아무리 동백꽃이 불을 피워도
살아서 가난했던 사람 그 사람 빈 자리가 차갑다

나는 떼어 놓을 수 없는 고독과 함께
배에서 내리자 마자 방파제에 앉아 술을 마셨다

해삼 한 토막에 소주 두 잔
이 죽일 놈의 고독은 취하지 않고
나만 등대 밑에서 코를 골았다

술에 취한 섬 물을 베고 잔다
파도가 흔들어도 그대로 잔다

저 섬에서 한 달만 살자
저 섬에서 한 달만 뜬 눈으로 살자
저 섬에서 한 달만 그리움이 없어 질 때까지
뜬 눈으로 살자

성산포에서는 바다를 그릇에 담을 순 없지만

뚫어진 구멍마다 바다가 생긴다

성산포에서는 뚫어진 그 사람의 허구에도
천연스럽게 바다가 생긴다

성산포에서는 사람은 절망을 만들고
바다는 절망을 삼킨다

성산포에서는 사람이 절망을 노래하고
바다가 그 절망을 듣는다

성산포에서는 한 사람도 죽는 일을 못 보겠다
온종일 바다를 바라보던 그 자세만이 아랫목에 눕고

성산포에서는 한 사람도 더 태어나는 일을 못 보겠다
있는 것으로 족한 존재

모두 바다만을 보고 있는 고립
성산포에서는 주인을 모르겠다
바다 이외의 주인을 모르겠다

바다는 마을 아이들의 손을 잡고
한나절을 정신없이 놀았다
아이들이 손을 놓고 돌아간 뒤

바다는 멍하니 마을을 보고 있었다

마을엔 빨래가 마르고 빈 집 개는 하품이 잦았다
밀감나무엔 게으른 윤기가 흐르고
저기 여인과 함께 탄 버스에는 덜컹덜컹 세월이 흘렀다

살아서 가난했던 사람,
죽어서 실컷 먹으라고 보리밭에 묻었다

살아서 술을 좋아했던 사람,
죽어서 바다에 취하라고 섬 꼭대기에 묻었다

살아서 그리웠던 사람,
죽어서 찾아가라고 짚신 두 짝 놔두었다

삼백육십오일 두고두고 보아도

성산포 하나 다 보지 못하는 눈
육십평생 두고두고 사랑해도
다 사랑하지 못하고 또 기다리는 사람.

– 이생진, 시 '그리운 바다 성산포'

| 이번 칼럼에서는 교육자 출신의 시인인 이생진 시인의 작품인 '그리운 바다 성산포'를 소개하고자 한다. 1929년 2월21일 충청남도 서산에서 태어난 이 시인은 1949년 서산 농림학교를 졸업한 후 1951년부터 1954년까지 군복무를 했다. 이후 1965년부터 1969년까지 국제대학에서 영문학을 전공했고, 1969년부터 1970년엔 연세대학교 교육대학원에서 언어학을 전공하다 중퇴했다. 이 시인은 1954년부터 1993년까지 중고등학교 교사로 재직했다.

이 시인의 '그리운 바다 성산포'에서는 '사람은 누군가를 그리워하며 기다리고 사랑하며 살아간다'고 설명했다. '저 섬에서 한 달만 살자'라든지, '저 섬에서 한 달만 뜬 눈으로 살자'라든지, '저 섬에서 한 달만 그리움이 없어질 때까지' 등의 문장이 이를 방증한다.

필자 또한 섬에서 태어나고 자랐다. 그래선지 이 시인이 '그리운 바다 성산포'를 통해 '섬이란 육지를 그리워하고 동경하고 고독한 나날을 보낸다'고 함축한 의미를 비교적 쉽게 공감할 수 있었다.

섬에는 등대가 있고 주변 바다에는 어선과 여객선이 떠다닌다. 바다에는 물고기와 조가비들이 서식한다. 몇 안 되는 민가 어촌에는 옆집에 누구누구가 사는지 다 알고 있다. 그들은 서로 의지하면서 섬을 지키며 살아가고 있다. 도시에 사는 우리는 지금 우리 이웃들에 대해 얼마나 관심을 가지고 살아가고 있을까. 한 번 곰곰이 생각해볼 시간을 가져보면 어떨까 싶다.

우태훈의 詩談 · 53

이수 '가을생각'

가을은 놓아주는 연습을 해야지
별리가 순리이니
꽃들도 잎들도 햇살도 한곳에 멈추지 않아
바람이 곁에 머무르지 않는 것처럼
어제의 강물이 오늘의 강물이 아니니
고이는 것은 썩는 것.

지금 마주서 있는 당신과 나
당신 생각이나 내 생각이
언제까지나 같기를 바라는 것은
삶의 배반이 아닌가
곱게 물든 단풍미인 같은 당신을
살며시 놓아주고 싶어.

내가 너무나 사랑하고 있기에
시들고 썩는 당신 모습 보고 싶지 않아서
돌아서는 당신이 보고파도
가슴 아련히 아련히 저며질지라도
마르지 않은 고운 당신 모습
그대로 오래 간직하고픈 생각으로 놓아주고 싶어.

– 이수, 시 '가을생각'

▎이번 칼럼에서는 가을 계절과 딱 맞는 '가을'을 주제로 한 이수(본명 송달웅) 시인의 '가을생각'을 소개하고자 한다.

9월은 오곡백과가 익어가는 시절이다. 가을의 문턱에서 이수 시인을 한 번쯤 마주할 필요가 있다. 가을은 결실의 계절이다. 언제까지나 당신 생각과 같기를 바라던 시인은 그것이 자신의 욕망일 뿐임을 자각하기에 이른다. 그리고 사랑했던 사람을 놓아주는 게 결실인 것을 알고 놓아주기로 결심한다.

사랑했던 사람도 때가 되면 늙고 볼품 없어질 모습을, 썩는 당신 모습으로 낙엽과도 같이 비유하고는, 봄 한철 파릇한 나뭇잎처럼 싱그럽고, 생동감 넘치는 잎새를 상대방의 젊은날로 회상하는 게 이 작품을 읽는 묘미가 아닐까 싶다.

우태훈의 詩談 · 54

장성우 '내 사랑을 보낼 때'

희미해져 가는 당신의 숨소리를 들으며
나는 가슴이 무너졌습니다

내 사람의 마지막을 이렇게 보내다니

사랑하기에 당신의 빛을 잃어가는 눈동자를
넋을 잃고 바라보면서

당신을 품에 안고 한없이 울었습니다
당신을 사랑했기에 세상에서 당신을 만나고
가장 행복한 사람이라고 생각했는데
짧은 만남을 뒤로 하고 마지막 가냘픈 목소리로

사랑해요, 한마디를 남기고 영영 떠나가다니
당신의 호흡소리가 가냘파질 때
나의 심장은 터질 것만 같았습니다
사랑하는 당신이여, 우리의 마지막이 이렇게 올 줄이야

해맑게 웃던 미소가 당신 얼굴에서 서서히 사라질 때
나는 세상에서 가장 귀중한 것을 잃었습니다
세상의 끈을 놓아 버렸습니다

당신이 떠나간 그곳을 향하여
나의 모든 것을 보냈습니다
또한 삶의 애착도 접어야 했습니다

사랑하는 당신이여 다시 만날 날을 기다리며
허허벌판 황무지에서 꺽꺽 소리내 울고 있습니다

- 장성우, 시 '내 사랑을 보낼 때'

I 이번 칼럼에서는 한민대학교(현 폐교) 총장 및 교수를 재직했던 장성우 시인의 '내 사랑을 보낼 때'를 소개하고자 한다. 이 작품은 장 시인의 시집인 '카이로스의 만남에서'에 기재된 내용이다. 장 시인은 목회자로도 활동한 경력이 있고, 필자와도 2008년 '시마을(시인 커뮤니티)'에서 만나 같이 활동을 하기도 했다.

장 시인은 이 작품을 통해 사랑했던 사람이 세상을 떠날 때의 모습을 생동감 있게 잘 표현했다. 사랑한 이와의 이별을 직면한 순간, 장 시인은 심장이 터질 것 같은 아픔을 느꼈을 것이다. 사랑했던 사람의 얼굴에서는 미소가 사라지고 저승을 향해갈 때, 장 시인은 세상에서 가장 귀중한 보물이 사랑하는 사람이라는 걸 깨달았을 것이다. 사랑하는 사람을 보낸 장 시인이 허허벌판에서 홀로 서서 소리내어 울었을 모습이 상상돼 가슴이 쓰리기도 했다.

장 시인의 이 작품을 소개하는 또 다른 이유로는 '여고시절' 등으로 1970년대 가요계를 휩쓴 인기가수 이수미씨가 폐암 투병 중 지난 2일 별세한 소식과 연관 깊다. 1952년생인 이씨는 작년 12월 폐암 3기 판정을 받고 서울 신촌세브란스병원에서 투병한 것으로 알려졌다. 지난 70년대 허스키한 목소리로 많은 대중을 감동시킨 인기가수의 별세도 많은 것을 생각하게 했다.

이별과 만남의 연속인 세상사를 다시금 깊게 생각해본다. 한편으론 무뚝뚝하게 해마다 변함없이 사계절이 찾아오는 시간의 연속이 오늘따라 야속해진다.

우태훈의 詩談 · 55

한선향 '파도가 종을 울린다'

어머니의 젖가슴이 출렁이는 바다
가부좌 튼 달마상 하나
환한 미소로 떠 있다

물주름 잡힌 파도
행간으로 진동하는 녹내음의 파장이
댕댕 울리던 종소리
콧등 시큰하도록 한세상 울린 어머니의 기도가

두손 가득 바닷물 움켜쥐고
날 세운 갈고리 가슴 치다보면
살을 도려낼 때마다 피어나는
하얀 연꽃, 연꽃들

몇 억 만년 저 편에서 이 편으로
숙명처럼 떠 있는 풍경 울리며
비우고 또 비워낸 파도소리

파도가 치면 종이 울고
종이 울면 따라 우는 파도

비우고 또 비워낸 파도소리

파도가 치면 종이 울고
종이 울면 따라 우는 파도

- 한선향, 시 '파도가 종을 울린다'

이번 칼럼에서는 2007년부터 2010년 사이 한국시낭송가협회 및 백양문학회에서 함께 활동했던 한선향 시인의 작품 '파도가 종을 울린다'를 소개하고자 한다. 한 시인의 시집 '비만한 도시'에는 불교의 색채가 짙다. 달마상 및 연꽃 등이 이를 방증한다. 파도를 엄니의 젖가슴에 비유하면서 달마의 환한 미소를 떠올린다는 문장도 그렇다.

어머니의 기도가 종소리처럼 울리고, 바닷물을 움켜지고 가슴치다보면 피어나는 하얀 연꽃의 그리움에 피어난다고 한다. 오랜 세월 숙명처럼 떠있는 풍경을 울리며, 비우고 비워ㅓ낸 파도소리는 어머니의 가슴 같다는 한 시인의 문장력에 공감을 표한다. 종과 파도 모두 어머니 가슴 속에 있다고 필자도 생각하기 때문이다.

한 시인의 작품에서는 한 편의 '과거 시대상'을 그리워하는 마음도 엿볼 수 있다. 그런 점에서 최근 언론을 통해 보도되는 새로운 개념의 아젠다인 '메타버스'가 필자 입장에서는 마냥 신기하기만 하지는 않다. 새로운 아젠다가 등장할수록 과거의 향수는 더욱 짙게 찾아올 것이고, 과거의 순수함이 흐려지게 되지 않을까 하기 때문이다.

메타버스는 '초월'을 뜻하는 '그리스어(meta)'와 '세상을 의미하는 영어(universe)'의 합성어라고 한다. 쉽게 말해 컴퓨터 기술을 통해 3차원으로 구현한 가상세계다. 추후 이 가상세계 아젠다가 우리에게 어떤 영향력을 행사할지 기대가 된다. 되도록 우리사회에 긍정적인 영향을 가득 선사했으면 싶다. 개인적으로는 과거를 그리워하는 많은 이들이 각자 간직하고픈 과거를 잊지 않게 모두 담아주는 그런 공간으로 작용했으면 싶다.

우태훈의 詩談 · 56

신경림 '그 길은 아름답다'

산벚꽃이 하얀 길을 보며 내 꿈은 자랐다.
언젠가는 저 길을 걸어 넓은 세상으로 나가
많은 것을 얻고 많은 것을 가지리라.
착해서 못난 이웃들이 죽도록 미워서.
고샅의 두엄더미 냄새가 꿈에도 싫어서.

그리고는 뉘우쳤다 바깥으로 나와서는.
갈대가 우거진 고갯길을 떠올리며 다짐했다

이제 거꾸로 저 길로 해서 돌아가리라.
도시의 잡담에 눈을 감고서.
잘난 사람들의 고함소리에 귀를 막고서.

그러다가 내 눈에서 지워버리지만.
벚꽃이 하얀 길을, 갈대가 우거진 그 고갯길을.
내 손이 비었다는 것을 깨달으면서.
내 마음은 더 가난하다는 것을 비로소 알면서.
거리를 날아다니는 비닐봉지가 되어서
잊어버리지만. 이윽고 내 눈앞에 되살아나는

그 길은 아름답다. 넓은 세상으로 나가는
길이 아니어서, 내 고장으로 가는 길이 아니어서
아름답다. 길 따라 가면 새도 꽃도 없는
황량한 땅에 이를 것만 같아서,
길 끝에 험준한 벼랑이 날 기다릴 것만 같아서,
내 눈앞에 되살아나는 그 길은 아름답다.

– 신경림, 시 '그 길은 아름답다'

❙ 이번 칼럼에서는 동국대학교 석좌교수이자 동국대가 배출한 문학인인 신경림 시인의 시 '그 길은 아름답다'를 소개하고자 한다. 서정적인 시를 주로 쓴 신 시인의 작품에서는 농촌의 전원적인 풍경이 잘 그려진다. 산

벚꽃이 하얀길이라던가, 두엄더미 냄새라든가 등등 이러한 문장이 드러나는 사례다. 시골길을 떠나 도회지로 와서 아름다운 길을 만나기는 쉽지 않을 것이다. 번듯하게 정비된 도회지 길은 바둑판처럼 반듯하다. 구불구불한 시골길과는 확연히 대비되기도 하다. 시골길이 곡선적이라면 도시의 길은 직선에 가깝다.

황량한 도시의 벌판에서 무엇인가 잡으려 하지만 잡하지 않는다. 되레 아름답던 고향의 시골길이 떠오르는 것이다. 우리 모두 신 시인이 쓴 '그 길은 아름답다'가 연출하는 분위기를 종종 느낄 때가 있다. 도시를 누비는 자동차들의 모습도 이를 방증하지 않을까 싶다. 최근 기아자동차의 첫 전용 전기차 EV6가 다음달 세계 최대 전기차 시장인 유럽 출시를 앞두고 있다. EV6는 800V 고전압 시스템을 탑재해 240킬로와트(kW)급(영국 판매 모델 기준) 초고속 충전이 가능하며, 18분 만에 배터리를 10%에서 80%까지 충전할 수 있다고 한다. 도시 위에 보편적인 전기차 보급이 이뤄지고 있음을 의미하기도 한다. 과거에는 생각이나 했겠는가. 경유차가 아닌 전기차가 도로 위를 달릴 수 있을지 말이다. 좋은 세상을 만들기 위한 과학적 노력이 계속해서 진가를 발휘할 수 있길 기대한다. 긍정적인 미래를 생각하며 과거를 덜 아쉬워할 수 있게 말이다.

우태훈의 詩談 · 57

김창완 '깊은 강처럼'

그렇게 흘러갔습니다
그런데 이렇게 남아있습니다

누군가가 건너갔습니다
그런데 아무런 흔적도 없습니다

지난 여름 장마에는
세상이 뒤집어지는 줄 알았습니다

싯누런 흙탕물이 소용돌이 치더니
그런데 더 조용히 옛날처럼 있습니다

깊은 시름, 깊은 슬픔, 깊은 후회
다 깊은 강처럼 흘러갔으나

흘러갔으나 흐르지 않고
거기 그냥 그렇게 있습니다

- 김창완, 시 '깊은 강처럼'

Ⅰ 이번 칼럼에서는 1942년 전남 목포에서 태어나 1973년 서울신문 신춘문예에 '개화'로 당선돼 문인의 길을 걷고 있는 김창완 시인의 '깊은 강처럼'을 소개하고자 한다. 김창완 시인과 필자는 2008년부터 2010년 사이 시와수상문학 내 시창작과정반에서 인연을 맺었다.

김 시인의 '깊은 강처럼'은 그의 시집 '나는 너에게 별 하나 주고 싶다'에 등장한다. 필자가 그동안 봤던 김 시인은 평소 우직하고 곧은 성품의 시인이다. 아니나 다를까 그의 이러한 성품은 작품에서도 여실히 드러나는 것 같다. 강물이 흘러가도 변함없는 것은 강물이라는 것, 장마철 많이 흘러온 물들이 범람을 해도 시간이 지남에 따라 강물이 평온을 되찾는 다는 것 등등 마치 시인의 강직한 성품에서 탄생한 고뇌를 엿볼 수 있는 문장들이라고 소개하고 싶다.

이 시를 소개하는 또 다른 이유는 지난 1일 국회에서 열린 문재인 정부 마지막 국정감사의 첫날과 유사하기 때문이다. 올해 국회 국정감사는 첫날부터 줄파행을 빚으며 국민들의 우려를 샀다. 국민의힘 의원들은 당시 7개 상임위에서 일제히 '특검을 수용하라'는 이재명 경기도지사가 과거 성남시장 재직 당시와 연관이 있는 대장동 개발사업 특혜 의혹 손팻말을 들고 감사에 임했다. 이에 더불어민주당 의원들은 자당의 유력 대권주자인 이재명 지사를 흠집 낸다며 반발했고, 결국 국정감사는 줄파행을 겪어야 했다.

문재인 정부 마지막 국정감사의 모습은 김 시인이 작품에서 쓴 '싯누런 흙탕물이 소용돌이 치더니'란 문장과 궤를 같이 한다. 그럼에도 불구하고 이번 국정감사 역시 원활히 진행되고 '조영히 옛날처럼 있습니다'라는 문구와 궤를 같이 할 수 있을지 귀추가 주목된다.

우태훈의 詩談 · 58

배월선 '어떤 날은 낯설어도 행복하다'

아무도 없는 집을 들어설 때마다
텅빈 하루처럼
일상의 북적임에 빼앗긴 나를
다시 찾아놓는
적요한 저녁 무렵 어쩐지
오늘은 사람 냄새가 난다.

푹 끓인 김치찌개에
데워진 냄비가 조금 전인 듯하다.
따뜻한 밥 한 공기가 기다리는
식탁 위에 올려진 정
오래도록 묵혀둔
이제는 낯설기까지한 행복이다.

거실 한 편에 빨래가 곱게 개어진

딸 아이의 고운 마음을 서랍에 담으면서
가끔은 낯설어도 행복한 이유가 되는
사는 맛이란 이런 게지.

우렁이각시 아니어도 자꾸만 보고 싶어지는 얼굴
이윽고 학원에서 나오며
상기된 인사말
"엄마, 저녁 먹었어요?"
정말 눈물나게 행복한 날이다.

- 배월선, 시 '어떤 날은 낯설어도 행복하다'

Ⅰ 이번 칼럼에서는 지난 2008년부터 2011년 사이 '시와 그리움이 있는 마을(인터넷상 시인 커뮤니티)'에서 만난 배월신 시인의 처녀작인 '어떤 날은 낯설어도 행복하다'를 소개하고자 한다. 이 작품은 배 시인의 처녀 시집인 '당신과 함께 가고 싶은 나라'에 수록된 것이기도 하다. 배 시인은 경남 창원 한마음병원에서도 근무했던 인물. 당시 그는 평범한 일상에서 느껴지는 감정을 문장으로 풀어내는 탁월한 창작력을 보여줬다.

이 작품을 살펴보면, 복잡한 하루일과 후 집에 돌아와서야 자신의 본래 모습으로 되돌아온 듯한 안정감을 느끼는 시인의 모습을 글로 잘 표현했다. 이어 집으로 귀가했을 때 딸 아이의 김치찌개 식사 준비에 모녀의 정을 느끼게도 했다. 나아가 딸 아이가 빨래를 잘 개켜놓은 것을 보고도 행복감을 느낀다. 마지막 딸 아이가 학원에서 나와 "엄마 저녁 먹었어요"라는 안부 인사에서도 기쁨을 느꼈던 배 시인. 일상생활에서도 우리는 수많은 행복함을 찾을 수 있음을 공유했다.

배 시인의 작품을 소개한 또 다른 이유가 있다. 바로 최근 인터넷상에서 흔히 접하는 단어들을 나열해보면 '포기' '흙수저' '헬조선' 등 부정적인 의미를 지닌 말들을 종종 접하게 된 사연이다. 이는 우리 청년세대인 2030세대들이 많이 직면하는 문제이자 우리나라의 이면이기도 하다. 2030세대의 자녀를 둔 필자 역시 우리나라의 이면을 보면 씁쓸한 여운을 감추기 힘들다. 연장선상으로 이런 생각이 들었다. 우리나라의 미래인 2030세대들은 평범한 일상에서 '행복함'을 느낄 수 있을까란 것이다.

현재를 살아가는 2030세대들이 평범한 일상에서 '행복함'을 발견하기란 매우 어려울 수 있다. 그런 점에서 지금의 대한민국을 만든 사회의 구성원으로서 미안한 마음을 감출 수가 없다. 2030세대가, 더 나아가 대한민국 국민 모두가 평범한 일상에서 '행복함'을 마구 발견하는 시기가 찾아온다면 얼마나 좋을까. 배 시인의 작품을 일차원적으로 흐뭇하게 읽을 수 있는 그런 날이 하루 빨리 다가왔으면 하는 기대가 크다.

우태훈의 詩談 · 59

서정주 '국화 옆에서'

한 송이 국화꽃을 피우기 위해
봄부터 소쩍새는
그렇게 울었나 보다.

한 송이의 국화꽃을 피우기 위해
천둥은 먹구름 속에서
또 그렇게 울었나 보다.

그립고 아쉬움에 가슴 조이던
머언 먼 젊음의 뒤안길에서
인제는 돌아와 거울 앞에 선
내 누님같이 생긴 꽃이여.

노오란 네 꽃잎이 피려고
간밤엔 무서리가 저리 내리고
내게는 잠도 오지 않았나 보다.

- 서정주, 시 '국화 옆에서'

❙ 이번 칼럼에서는 대한민국에 사는 성인이라면 누구나 한 번쯤 읽어보았을 미당 서정주 시인의 '국화 옆에서'를 소개하고자 한다. 서 시인의 초기 작품은 원색적인 시를 써오다가, 그의 말년에는 동양사상의 작품을 주로 쓰게 됐다. 반세기가 넘는 세월동안 많은 작품을 썼으며, 한국의 시성이라고 불릴 만큼, 그의 인지도는 높다. '국화 옆에서'라는 작품은 경향신문에 1947년 11월9일자에 실린 시다. 이 작품을 소개하는 또 다른 이유는 가을날에 무서리가 내리고 이색적인 모습의 조화를 잘 표현하고 있기 때문이다. 현재 계절과 잘 어울린다는 얘기기도 하다.

최근 단계적 일상회복 '위드 코로나'를 앞두고 마지막 사회적 거리두기 방역조치가 실시될 예정이다. 중앙재난안전대책본부에 따르면, 오는 18일 새로운 사회적 거리두기 지침이 실시된다. 새로운 사회적 거리두기는 오는 31일 24시까지 적용되며 접종 완료자를 중심으로 조정되는 게 골자다. 더욱이 17일 0시를 기준으로 1차 접종은 총 4039만8477명이, 3316만6098명이 2차 접종을 마무리했다. 이를 인구 대비 접종률로 살펴보면 1차 접종률이 78.7%, 2차까지 접종 완료한 비율은 64.6%에 달한다. 이를 비춰볼 때 진정 다음 주부터는 전체 국민 중 코로나19 백신 접종 완료 비율이 70%를 넘어서게 될 것으로 전망된다.

이를 통해 올해 가을과 겨울은 코로나 시기 때의 가을과 겨울과는 다른 생활을 할 수 있을지 귀추가 주목된다. 한편으로는 기쁜 마음도 든다. 이제 서서히 코로나라는 먹구름이 우리사회에서 열어지고 있는 게 아닌가 싶기 때문이다. 그렇다고 해서 마음을 놓아서도 안 될 터. 다가올 '보통의 계절' 및 '보통의 삶'을 맞이하기 위해 우리 모두 설레는 마음과 경각심 모두를 유지해야 할 것이다.

우태훈의 詩談 · 60

박인환 '세월이 가면'

지금 그 사람 이름은 잊었지만
그 눈동자 입술은
내 가슴에 있네

바람이 불고
비가 올 때도
나는 저 유리창 밖
가로등 그늘의 밤을 잊지 못하지

사랑은 가고
과거는 남는 것

여름날의 호숫가 가을의 공원
그 벤치 위에
나뭇잎은 떨어지고
나뭇잎은 흙이 되고

나뭇잎에 덮여서
우리들 사랑이 사라진다 해도

지금 그 사람 이름은 잊었지만
그 눈동자 입술은
내 가슴에 있네
내 서늘한 가슴에 있네

– 박인환, 시 '세월이 가면'

Ⅰ 이번 칼럼에서는 '목마와 숙녀'라는 시로 국민들의 사랑을 받은 박인환 시인의 '세월이 가면'을 소개하고자 한다. 박 시인은 왜정시대에 출생해 해방을 맞이했고, 6·25 남북전쟁을 경험한 세대로 동족간 비극을 겪은 인물이다. 연장선상으로 폐허가 된 서울, 불안과 무질서가 난무하는 혼란 속에서 상징적인 의미의 문장을 구사해 시를 만들어 그 시대 때 문학계의 이목을 집중시켰다.

박 시인의 시 '세월이 가면'을 소개하는 이유로는 26일 노태우 전 대통령의 별세 소식과도 연관이 깊다. 대한민국 제13대 대통령을 지낸 노태우 전 대통령은 이날 향년 89세의 나이로 별세했다. 언론 보도에 따르면, 노 전 대통령은 전립선 관련 지병을 앓고 오랜생활 투병을 했으나 최근 병세 악화로 인해 생을 마감했다. 필자의 기억 저편에도 노 전 대통령은 '보통사람 노태우'를 슬로건으로 내세워 직선제 대통령에 선출된 게 뚜

렷하다. 노 전 대통령의 부고를 접한 전두환 전 대통령은 '아무 말 없이 눈물을 보인 것'으로 알려졌다.

노 전 대통령 유서에는 자신의 지난 과오를 비는 게 골자였다고 한다. 또 장례를 검소하게 치러달라고 했다. 노 전 대통령은 "자신에게 주어진 운명을 겸허하게 그대로 받아들여, 위대한 대한민국과 국민을 위해 봉사할 수 있어서 참으로 감사하고 영광스러웠다"며 "나름대로 최선의 노력을 다했지만 그럼에도 부족한 점 및 저의 과오들에 대해 깊은 용서를 바란다"고 한 것으로 알려졌다.

노 전 대통령은 대통령직 퇴임 후 '5·18 민주화운동 무력 진압' 및 '수천억원 규모의 비자금 조성' 등 혐의로 전두환 전 대통령과 함께 수감됐다. 그러다가 1997년 12월 김영삼 대통령의 특별사면 조치로 석방됐고, 별세 전까지 추징금 미납 논란으로 구설수에 올랐다가 뒤늦게 완납했다고 한다. 정치권에서는 김대중 전 대통령(2009년), 김영삼 전 대통령(2015년), 김종필 전 국무총리(2018년)와 함께 노 전 대통령이 영면하자 '87년 체제의 시대'가 역사의 뒤안길로 사라졌다는 평가가 고개를 들고 있다. 노 전 대통령 별세 관련 보도들을 접해서일까. 박 시인의 '세월이 가면' 시가 계속해서 머릿속을 맴돈다.

우태훈의 詩談 · 61

김현승 '가을의 기도'

가을에는 기도하게 하소서
낙엽들이 지는 때를 기다려 내게 주신
겸허한 모국어로 나를 채우소서.

가을에는 사랑하게 하소서
오직 한 사람을 택하게 하소서
가장 아름다운 열매를 위하여 이 비옥한
시간을 가꾸게 하소서.

가을에는 호올로 있게 하소서
나의 영혼 굽이치는 바다와
백합의 골짜기를 지나 마른 나뭇가지 위에
다다른 까마귀같이.

- 김현승, 시 '가을의 기도'

❙ 이번 칼럼에서는 김현승 시인의 '가을의 기도'를 소개하고자 한다. 김 시인은 기독교적인 경건성을 바탕으로 인간 존재의 운명 및 내면의 세계를 문장으로 변환하는데 두각을 보였다. 이번에 소개하는 '가을의 기

도' 역시 절대고독을 통한 삶의 궁극적인 가치를 추구했다는 평을 문학계로부터 이끌어냈다.

이번 칼럼을 소개하는 또 다른 이유는 우리사회를 뒤덮은 코로나19가 서서히 옅어지고 있는 점과 연관이 깊다. 코로나19의 등장으로 '일상생활'을 잃어버린 인류. 그리고 '일상생활'의 복귀를 원하는 인류의 기도에 신께서 응답하는 모습이 그려진 것으로도 해석 가능하다.

실제 1일 오전 5시부터 '단계적 일상회복' 첫 단계 방역완화 계획이 실시된다. 수도권은 10명, 비수도권은 12명까지 모일 수 있다. 대부분의 영업시설 역시 영업시간 제한이 풀린다. 우리는 서서히 일상생활을 맞이하게 됐다. 하지만 이 과정에서 코로나19의 역습도 우려해야 한다.

올해의 마지막 달인 12월에는 우리 모두 "가을에는 사랑하게 하소서", "가장 아름다운 열매를 위하여 이 비옥한 시간을 가꾸게 하소서"의 문구가 이뤄지길 소망한다.

우태훈의 詩談 · 62

조덕혜 '하늘이 좋다'

하늘이 좋다
새들이 나다니는 파란 하늘이면
파란 꿈이 방울방울 떠올라 좋고
먹빛 구름 드리운 하늘이면
시원하게 부서져 내릴 투명한 변신이 좋다.

하늘이 좋다
흰 구름이 떠가는 하늘이면
이 마음 구름 따라 유유히 흘러 좋고
내게 아무도 없는 하늘이면
나를 펼쳐 뒤돌아볼 수 있어 좋다.

하늘이 좋다
그리움으로 가득 찬 하늘이면
그리운 얼굴 하늘만큼 떠올라 좋고
서러움에 가슴시린 하늘이면
하늘만이 내 마음 알아주니 더더욱 좋다.

- 조덕혜, 시 '하늘이 좋다'

ㅣ 이번 칼럼에서는 월향 조덕혜 시인의 시집 '비밀한 고독'에 실린 '하늘이 좋다'를 소개하고자 한다. 월향 조 시인과 필자는 지난 2008년에서 2010년간 인터넷 커뮤니티 '시와 그리움이 있는 마을'에서 인연을 맺고 함께 시 활동을 진행한 바다.

월향 조 시인은 그리움을 주제로 한 서정적인 시를 주로 작성했다. 그리움은 사랑과 고통을 동반하는 분위기를 자아내는 것으로도 유명하다. 그래선지 조 시인은 사랑의 열정과 진실의 탐구로 일관된 시를 쓰면서 '사랑과 진실의 완성된 모습'을 이번 작품 '하늘이 좋다'로 표현했다.

이번 칼럼을 소개한 또 다른 이유로는 이웃나라 일본에서 '하늘을 나는 오토바이'를 개발한 것과도 연관이 깊다. 지난 주 일본 주요 외신들에 따르면, 일본기업 'ALI 테크놀로지'는 최근 공중을 나는 오토바이를 공개하는 행사를 열었다. 이번 행사에서 이 회사가 개발한 오토바이는 한 경기장의 트랙 위를 운전자를 태운 채 공중을 떠다니는 모습을 선보였다.

이는 어릴 적 우리의 동심을 자극했던 '하늘을 나는 자동차'의 모습이 보편적으로 사용될 신호탄이기도 하다. 우리가 살아가는 현재는 갈수록 새로운 과학기술이 등장하는 시대가 됐다. 월향 조 시인이 서정적인 부분으로 하늘을 표현했다면, 향후 100년 후 문학계가 소개할 하늘은 어떠할지 귀추가 주목된다. 문학적인 표현의 하늘이 공학적인 표현의 하늘로 바뀔 가능성이 높지 않을까 싶다.

우태훈의 詩談 · 63

김문중 '사랑의 등불'

사랑의 등불 켜고
꿈으로 깊어지는 영혼의 화음

흐르는 시냇물처럼
마음은 언제나
은하수를 닮아 환상의 끝에서
하늘을 가른다

봄햇살 꿈꾸는 합창소리는
새벽 이슬에 맺히는
향기 가득한 그리움

별의 따스함 들을 수 있는
그대 가슴 속에 천년을 안고
해뜨는 소망 기원하면서
사랑의 불 밝히리라

- 김문중, 시 '사랑의 등불'

ㅣ 이번 칼럼에서는 한국시낭송가협회 및 백양문학회 회장을 역임한 김문중 시인의 시 '사랑의 등불'이다. 필자와 김 시인은 지난 2007년부터 2009년간 한국시낭송가협회 및 백양문학회에서 함께 호흡했다. 김 시인은 시 낭송을 바탕으로 한 서정적 감정을 아낌없이 시 창작에 쏟는 것으로 정평이 난 인물이다. 그가 쓴 '사랑의 등불' 역시 서정적인 분위기를 마음껏 풍기는 시로, 그의 시집 '시의 왕국'에 출전한 작품 중 거작으로 문학계의 호평을 이끌어냈다.

김 시인의 작품 '사랑의 등불'을 소개하는 또 다른 이유는 다가올 2022년 새해와도 연관이 깊다. 다가올 새해에는 '위드코로나'가 지금보다 더 급진적으로 이뤄지길 기대해보고, 제20대 대통령 선거와 제8회 전국동시지방선거 등 굵직한 선거 등에서 국민을 위한 지도자들이 선출되길 희망해본다. 더욱 포괄적으로 접근하자면, 국제사회는 현재 기후변화에 민감하게 반응하고 있다. 이 역시 적절한 해법이 등장해 고통 받는 지구를 치유했으면 싶다.

우태훈의 詩談 · 64

우태훈 '내 고향 인천광역시'

성군星君은 인천항의 관문이다.

연안부두 앞바다에 투포환을 던진다
바다에 떨어지는 소리가 요란하다
바닷물은 동심원을 그리고 퍼져간다
야구공을 던진다
이번에는 좀 더 멀리 날아갔다
소리도 작고, 동심원 그리는 것도 약하다

임오군란의 결과로 제물포조약이
체결되었으니 서기 1882년의 일이다
개화파의 고공 드라이브만 계속 되었더라도
역사는 바뀌었을 것이다

한 세대가 지난
서기 1911년 검여 류희강 선생께서
탄강하셨으니 시당을 예비하신 듯하다
40여년이 지나 인천상륙작전이 있었다
다시 8년이 지나 바다가 보이는
경산인 문학산과 천제를 지내는 마니산의
정기를 받아 성군 우태훈이 태어난 것이다

성군은 인천국제공항의 관문이다.

성군이 태어난 43년 후
'인천신공항은 개항됩니다'
그때 지은 자축시를 보면

진시 인천국제공항 첫 개항하다
하늘에서는 축하의 눈발이 날린다
푸릇한 나뭇가지에도 눈이 내린다
봄에 함박눈을 보니 신기하다
봄기운 완연한 겨울날씨다
우禹임금이 신화같은 실존인물이듯이
오늘의 함박눈은 신화같은 현실이다
하늘에서도 인천신공항 개항을
축하해 주는 것이다

성군은 인천국제공항의 관문이다.

– 우태훈, 시 '내 고향 인천광역시'

Ⅰ 이번 칼럼은 필자의 시집 '내 고향 인천광역시'에 실린 대표작을 소개하고자 한다. 시 제목 그대로 '인천'은 필자가 출생한 고향이다. 진실을 바

탕으로 서사시를 전개하고픈 생각에 해당 작품이 탄생하게 됐다. 현재 인천은 인구 수백만명에 이르는 대도시로 성장했다. 대한민국의 경제 발전에도 단단히 한 몫 했다. 대표적인 사례가 전 세계의 대한민국 관문인 '인천국제공항'이다. 그렇다. 이 작품은 인천국제공항이라는 쾌거를 이룩한 인천, 넓게 대한민국이 쓴 경제신화에 대한 벅차오르는 감정을 서사적으로 표현한 것이다.

이 작품을 소개하는 또 다른 이유는 '벅차올랐던 당시의 감정을 다시 한 번 느끼고 싶기 때문'이다. 현재 인천국제공항은 코로나 사태로 인해 외국인들의 발걸음이 사실상 중단됐다. 엎친 데 덮친 격으로 '집단면역 달성'을 위해 빠른 백신 접종전에 나섰던 유럽에서는 코로나 사태가 다시 재발하고 있는 모양새다. 백신만으로는 코로나 종식이 불가능함을 일깨워주는 국제 언론 보도들이 쏟아지고 있다. 실제 1017만명의 인구 중 86.6%가 백신 접종을 완료한 포르투갈은 한달 전까지만 해도 하루 확진자가 300명대였으나, 지난 17일 이후 하루 2000명대 확진자가 발생했다. 이는 백신이 코로나를 막는 방법의 일환이지, 그 자체로 완전한 방법이 아님을 보여주는 사례다.

가슴이 아프다. 대한민국 관문인 인천국제공항은 언제쯤 본연의 역할을 다할 수 있을지 서글프기도 하다. 인천국제공항이 다시 본연의 역할을 다하는 날이 빠르게 찾아오길 간절히 바래본다.

우태훈의 詩談 · 65

문덕수 '조금씩 줄이면서'

잔고를 조금씩 줄이면서
석류알처럼 눈뜨고 싶구나.

그동안 흐드러지게 꽃 피우거나
나비 벌들 떼지어 윙윙 몰려와
제풀에 뚝뚝 떨어져 묻히는
꿀 단지 하나 그득히 빚은 일도 없으나

잎사귀들 한두 잎씩 떨어뜨리고
곁가지 곁넝쿨도 조금씩 쳐내고
몰아치는 성난 돌개바람이나
괴어서 소용돌이치는 물줄기도 돌려서

겨우내 개울둑에 알몸으로 홀로서서
이브처럼 눈뜨고 싶구나.

- 문덕수, 시 '조금씩 줄이면서'

ㅣ 이번 칼럼에서는 '청태' 문덕수 시인이 쓴 '조금씩 줄이면서'를 소개하고자 한다. 1928년 경남 함안에서 태어난 문 시인은 1955년 10월 현대

문학에 시 '침묵'을 공개하면서 시인의 길을 걷게 됐다. 이후 1956년 '바람 속에서' 등이 추천 완료돼 문단에 등단했다. 그는 주로 주지시를 썼다. 그의 시는 무의식 속 순수한 이미지를 새롭고 참신한 감정으로 표현한다는 평가를 문학계로부터 이끌어냈다. 실제 '조금씩 줄이면서'는 그의 순수 심리주의 경향이 뛰어나며, 자아의 성찰, 내면세계의 추구하는 바가 잘 형상화돼 있다는 평가를 받고 있다.

이 작품을 소개하는 또 다른 이유가 있다. 바로 이웃국가인 일본에서 우리나라의 드라마 열풍이 불고 있는 점이다. 일본 넷플릭스의 많이 본 콘텐츠 순위를 한국 드라마와 영화가 휩쓸었다는 조사가 나왔다. 글로벌 OTT 순위 집계 사이트 플릭스패트롤에 따르면, 지난 27일 기준, 일본 넷플릭스에서 가장 많이 본 콘텐츠 상위 10개 중 무려 9개가 한국 콘텐츠로 집계됐다. 1위는 연상호 감독의 '지옥'으로 알려졌다. 이처럼 조금씩 조금씩 긍정적인 승전보가 이곳저곳에서 울린다면 우리나라의 국제적 위상은 상상을 초월하지 않을까. 조금씩 조금씩 불명예 꼬리표는 떼고 가벼운 발걸음을 걷는 대한민국이 되길 기대해본다.

정선영 '꿈을 꾸듯-몽골 테를지에서'

푸른 잔디에
이슬은 빛나고

리듬타고 노래하는
바람, 바람.

풀속의 작은 꽃잎에도
사랑 전하는 맑은 햇살

사이좋게 풀 뜯는 야크들의 언덕
그곳에 핀 민들레들.

돌산이 부끄러운 듯
산 가리는 구름 그림자

그곳에 있었다
낯설지 않게

꿈을 꾸듯
내 고향은.

– 정선영, 시 '꿈을 꾸듯–몽골 테를지에서'

❙ 이번 칼럼에서는 정선영 시인의 시집 '내 안의 길'에 담긴 '꿈을 꾸듯'이란 작품을 소개하고자 한다. 정 시인과 필자는 지난 2007년부터 2009년 한국시낭송가협회 및 백양문학회에서 함께 활동했다. 꿈을 꾸듯이란 시의 제목에 '몽골 테를지에서'라는 부제를 달은 점을 비춰볼 때, 그의 작품은 몽골 여행 때 느낀 점을 문학으로 풀어낸 것으로 보인다. 시인들은 종종 세계 곳곳을 다니며 기행시를 쓴다. 정 시인의 이번 작품은 공개되자 몽골의 자연경치를 글로써, 깨끗한 문학적 표현을 가미해 작성했다는 평가를 이끌어냈다.

이 작품을 소개하는 또 다른 이유는 최근 국제사회의 초미의 관심사로 부상한 미중갈등과도 연관이 깊다. 조 바이든 대통령 취임 후 인도태평양 전략에 박차를 가하는 미국이 '전략적 경쟁국'인 중국과 러시아와의 행보를 놓고 긴장감이 고조되고 있기 때문이다. 최근 중국은 대만에 대한 압박 수위를 높이고 있으며, 러시아는 우크라이나 침공 우려 가능성을 높이고 있다.

로이드 오스틴 미국 국방장관은 중국이 대만 인근에서 전투기를 동원한 무력시위를 벌이는 모습에 대해 "(전쟁) 예행연습처럼 보인다"고 의미심장한 발언을 남겼다. 이어 "우리는 가공할 도전에 직면하고 있다. 그러나 미국은 경쟁을 두려워하는 나라가 아니다. 공황과 비관이 아닌 자신감과 결의를 가지고 이 문제를 해결할 것"이라고 부연했다. 이와 더불어 바이든 미국 대통령은 7일(현지시간) 블라디미르 푸틴 러시아 대통령과 영상회담을 하고 러시아의 침공 가능성에 따른 우크라이나 긴장 사태를 논의할 예정이다.

국제사회에서 발생하는 긴장감이 높아지면 높아질수록, 정 시인이 쓴 기행시, 그리고 앞으로 시인들이 써내려갈 기행시는 추억거리로 남겨질 가능성이 높다. 국제사회에서 발생하는 강대국들의 갈등이 무력이 아닌 대화로 원활하게 해결되길 기대해본다.

우태훈의 詩談 · 67

이성숙 '목련'

행여
오시려나
옷깃을 여밉니다.

꼭 다문 입술
흘러내리는 미소.

젖은 가슴
포근히 내리는
꽃잎.

불꺼진 장지문
떠나지 못하는
여인의 넋.

-이성숙, 시 '목련'

Ⅰ 이번 칼럼에서는 이성숙 시인의 시집 '무대 위에 올려진 소품'에 수록된 '목련'을 소개하고자 한다. 우선 '교육학 박사' 출신의 이성숙 시인은 필자와는 지난 2007년부터 2009년 백양문학회에서 함께 시 작품으로 활동했다. 이성숙 시인은 자연적이고 인간적인 휴머니즘적 시들로 서정시를 즐겨 쓴 시인으로 유명했다. 이는 그의 시집 속 목련을 비롯해, 동백, 찔레꽃, 억새, 은행나무 등의 작품이 방증한다.

이성숙 시인의 시 목련은 시인의 이름처럼 꽤나 성숙한 작품이다. 자연의 매개체를 통해 인간의 내면을 서정적으로 잘 풀어쓴 게 감지되기 때문이다. 이 작품을 소개하는 또 다른 이유는 최근 불거진 국제 및 연예 이슈와 연관이 깊다. 가수로 이름을 알렸던 '솔비' 권지안씨는 서양화가로 활동하며 2021 바르셀로나 국제예술상에서 대상격인 '베스트 글로벌 아티스트상'을 수상했다. 하지만 이러한 소식을 접한 국내 네티즌들 사이에서는 시상식 관련 권위성에 의문을 표했고, 권지안씨를 향한 예술성에 의구심을 드러냈다. 국제대회에서 우리나라의 예술성을 알린 권지안씨의 시상이 왜 국내 네티즌들의 입방아에 오르내린 것일까.

이와 관련 시사평론가인 진중권 전 동양대학교 교수는 “미대 나온 걸 신분으로 이해하는 게 문제”라고 우리사회에 만연한 ‘스펙문화’를 지적했다. 진중권 교수는 재차 “작가는 신분이 아니라 기능”이라고 강조했다. 이는 미술가가 되기 위해 미술대학 또는 제도권교육이 필수조건은 아니라는 것을 의미하기도 한다. 진 전 교수의 발언처럼 “작가가 되기 위해 굳이 미대를 졸업해야 할 이유는 없다”고 필자 역시 생각한다. 시인으로 활동하는 필자 역시 인문대학에서 문학을 전공한 사람은 아니다. 훌륭한 스펙만이 한 사람의 모든 것을 평가하는 것은 성숙하지 못한 시선이다. 그래선지 오늘따라 이성숙 시인이 목련을 통해 언급한 “불꺼진 장지문, 떠나지 못하는 여인의 넋”이란 표현이 가슴을 울린다.

우태훈의 詩談 · 68

우재정 ‘선비문화 수련원에서’

긴 가람을 끼고 휘돌아가는
시골길에 서 있는
옛 선비들의 행렬이
참 기이하다

여유란 무엇인가

옷차림으로 말하고 있는 품위와 기품
은은한 양반 기와집 석가래에서 풍기는
솔 향내가 느긋한 여유로 가슴에 잠긴다

산 능선의 부드러움을 닮은 선비의
도포 대련 멋스럽고
옛스런 모습에서
옛 고도를 읽는다

읽을수록
수련의 폭을 넓히고 더해가는
수련원의 하루

– 우재정, 시 '선비문화 수련원에서'

Ⅰ 이번 칼럼에서는 우재정 시인의 '선비문화 수련원에서'를 소개하고자 한다. 우재정 시인과 필자는 2007년부터 2010년간 한국시낭송가협회 및 백양문학회에서 함께 호흡했다. '선비문화 수련원에서'라는 시는 우 시인의 '바람에게도 길은 있더라'에 속한 시로써 경북 영주에 위치한 수련원에서 느낀 감정을 시로 탄생시킨 것으로 알려졌다.

우 시인은 '그리움의 여백'이라는 처녀시집을 시작해 '하늘바라기', '아버지의 뜰', '동행' 등 적지 않은 시집을 냈다. 그의 시 특징은 변용의 레

토릭에 의해 대상이 형상화되거나 재구성되는 등 새로움을 중시하는 매력이 문장 곳곳에 녹아있다. 시에서 말한 바와 같이 옛스런 모습에서 옛 고도를 읽고, 수련의 폭을 넓히는 선비적 모습이 눈앞에 아른거린다. 선비문화 수련원은 별천지의 세계처럼 느껴지기도 한다.

이번 작품을 소개하는 또 다른 이유는 지난 1984년 마이클 조던의 미국프로농구 데뷔전 입장권이 지난 18일 약 3억원에 팔린 것과 연관이 깊다. 조던 데뷔전의 입장권은 지난 3일부터 16일까지 진행된 온라인 경매에 출품된 것으로 알려졌다. 필자는 이 기사를 보고 1984년의 시간이 2021년 마지막 달에 잠깐 머물다가 가는 게 아닌가 하는 생각이 들었다. 코로나로 인해 힘든 시간을 보내는 2021년 역시 과거의 1984년의 어느날처럼 빛나는 시간을 미래의 후손들에게 인정받는 날이 올 것인지 귀추가 주목된다.

우태훈의 詩談 · 69

김종임 '당신을 만나 행복합니다'

당신을 만나 행복합니다
가슴 속에 남아 있는 흔적들은
아직도 살아 있음에
나는 행복합니다.

이 세상에서 가장 아름다운 것을
내 가슴에 새겨 놓았고
이 세상에서 가장 슬픈 고통과
인내심을 알려준
그런 당신이 내 가슴 속에 있기에
나는 행복합니다.

내 삶 속에 스며든
늘 한결같은 당신을

오늘 만나러 가는 길
너무 행복합니다.

- 김종임, 시 '당신을 만나 행복합니다'

❙ 이번 칼럼에서는 김종임 시인의 '당신을 만나 행복합니다'를 소개하고자 한다. 김종임 시인과 필자는 2008년부터 2019년간 계간지인 시와 수상문학 문확회에서 함께 활동했다. 이 작품은 그의 시집인 '눈 오는 꽃밭에 앉아'에 출전한 시로, 연민의 정을 넘어서 체념의 단계로 성숙한 이미지를 연출하는 정화됐음으로 평가를 받는다. 김 시인은 만남과 이별을 통해 삶의 질서와 우주적 본성을 체득한 것으로도 보인다. 동시에 자아 인식과 성찰을 통한 갈등과 고뇌가 정화되고, 행복을 향해 나아가는 분위기를 해당 작품을 통해 선사했다. 긍정적인 힘은 행복으로 가는 지름

길임을 살포시 암시하기도 했다.

이번 작품을 소개하는 또 다른 이유는 코로나 사태와 관련해서 들려온 한 가지 희소식과도 연관이 깊다. 코로나 사태 판도를 바꿀 매개체로 주목을 받고 있는 '먹는 치료제 국내 도입 여부'가 27일 결정될 것이라는 언론 보도가 등장한 것이다. 먹는 치료제는 코로나 감염 초기 환자가 중증으로 악화되는 것을 막아주는 효과가 있는 것으로도 알려졌다. 식품의약품안전처는 27일 '공중보건 위기대응 의료제품 안전관리·공급위원회'를 열고 먹는 코로나 치료제 긴급사용 승인여부를 논의한다. 먹는 코로나 치료제가 정부의 승인을 받는다면 분명 새로운 환경, 자유로운 환경을 우리는 마주할 가능성이 높다. 앞서 미국 식품의약국은 지난 24일 팍스로비드 및 몰투피라비르라는 먹는 코로나 치료제를 승인한 바다. 이런 점을 살펴볼 때 얼마나 행복한 일인가.

코로나 사태로부터 연일 개선되는 상황들이 이뤄지고 있음이 행복하며, 내년에는 더욱 행복한 일이 가득하길 바래본다.

우태훈의 詩談·70

우태훈 '임인년 새해 아침을 맞으며'

재야의 종소리와 함께 임인년 새해가 시작되었습니다
종소리를 들은 사람이나 듣지 못한 사람이나
누구에게나 공평한 새해 아침을 선사합니다

모든 사람은 새로운 한 해를 맞이하느라 분주합니다
각각의 사람들은 소망하는 것 또한 다 다릅니다

임인년을 밝히는 태양이 힘차게 떠오릅니다
태양은 같은 태양인데 어제 본 태양은 분명히 아닙니다
사람들 또한 어제 본 사람들인데 어제 보았던 사람들이
분명히 아닙니다

모든 사람의 희망이 이루어지는 임인년 새해에는
숲 속의 맹수인 호랑이가 높은 산에서 포효하는 한 해가
되기를 소망해 봅니다

- 우태훈, 시 '임인년 새해 아침을 맞으며'

❙ 이번 칼럼은 임인년 새해를 맞이해 필자가 〈시사1〉에 투고하는 자작

품 '임인년 새해 아침을 맞으며'다. 이 작품을 쓰게 된 이유는 원론적으로 '임인년 새해'를 맞이했기 때문이다. 연장선상으로는 임인년 새해에는 우리 국민들 모두 꿈꾸는 희망 및 소망 등을 이뤘으면 하는 마음을 글로 담았다.

임인년 새해에는 국가의 운명을 결정할 굵직한 선거도 존재한다. 바로 '제20대 대통령 선거'다. 또 제8회 전국동시지방선거도 열린다. 보건분야에서는 '먹는 코로나 약품'이 등장하며 새로운 코로나 환경 조성을 예고하기도 했다. 앞으로 맞이할 임인년 한해는 국가와 국민 모두 중요한 한 해가 될 게 분명하다.

임기 마지막 해를 앞둔 문재인 대통령의 임인년 신년사 역시 3일 발표된다. 문재인 대통령이 남은 임기 동안의 어떠한 국정운영 방향을 제시할 것인지 귀추가 주목된다. 정치권에 따르면, 문 대통령은 이번 신년사에서 '하나 된 마음으로 도약하는 대한민국'을 만들자는 메시지를 전할 것이라고 한다.

이처럼 희망 가득한 새해의 분위기가 임인년 연말이 되도록 꺼지지 않고 그 분위기 그대로 유지할 수 있길 기대해본다.

우태훈의 詩談 · 71

강재현 '말'

사랑한다
말하기도 아까운 사람을 위해
따로 준비된
말이 있었으면 좋겠습니다

보고 싶어도
선뜻 보고 싶다
말할 수 없는 사람을 위해
오래 전에 준비되었던
가슴 속 언어들을 불러내어
이젠 배냇저고리 짓듯
말을 지을 수 있었으면 좋겠습니다

손 잡으면 내 살 같은 사람
얼굴 마주보면 내 사람이다 싶은 사람을 위해
누구에게도 쓰지 않은 말
가시도 돋지 않은 겨울 언 땅에 숨어 있다면
억만 광년의 빛을 뽑어 캐오고 싶습니다

사랑한다

말하기도 아까운 사람을 위해
따로 준비할 수 있는 말
꼭 한 마디면 됩니다

- 강재현, 시 '말'

I 이번 칼럼에서는 강재현 시인의 시인 '말'을 소개하고자 한다. 강원도 화천 출생으로 1999년 강원일보 신춘문예로 등단한 강재현 시인의 이 작품은 그의 두 번째 시집인 '사람은 그리워하기 위해 잠이 든다'에 등장한다. 필자는 강 시인과 함께 2008년부터 2010년 '시와 그리움이 있는 마을' 시 동인 카페에서 활동한 이력이 있다.

강 시인의 시를 살펴보면, 순수한 장면이 눈에 선하게 떠오른다. 강 시인의 시 전편에 흐르는 감정은 서정적인 면이 면면히 흐르기도 한다. 특히 이번 칼럼에서 소개한 '말'을 읽다보면 강 시인의 마음을 조금은 이해할 수도 있을 것 같았다. 한편의 시로 시인의 전체적 의식을 이해하기는 어렵지만 '사랑한다' 말하기도 아까운 사람을 위해 따로 준비된 말이 있었으면 좋겠다는 그의 말은, 사랑하는 사람을 위해 특별히 그보다 더한 좋은 어떤 말이 있었으면 좋겠다는 뜻일 것으로 보인다. 진정 사랑하는 사람을 위해서 꼭 한마디 한다면 무슨 말을 할 수 있을까.

강 시인의 시를 현 시점에 소개하는 또 다른 이유는 다가올 제20대 대통령 선거와도 연관이 깊다. 최근 주변 지인들과 대선에 대해 이런저런 얘기를 나누다보면 꼭 언급되는 말이 있다. 바로 "누구를 뽑아야 좋을 지 모르겠다"는 답변이다. 어떤 대선후보든 거대정당 후보들의 면면을 보면 뽑고 싶은 생각이 사라진다는 게 주변 지인들의 중론이다. 문뜩 이런 생각이 들었다. 누구를 뽑아야 좋을지 모르는 현 상황을 명확하게 설명할 말이 있었으면 좋겠다는 생각이다. 아니면 애초에 우리 정치권이 우리 국민들에게 괴로운 고민을 던져주지 않았으면 어땠을까 아쉬운 마음도 한켠에 있다.

우태훈의 詩談 · 72

임길도 '물구나무서기'

강물은 위에서 아래로만 흘렀다
세상이 뒤집히기 전에는
어디선가 뒤집히기 시작한 세상
가끔 땅을 짚고 물구나무서기를 한다

강물은 거꾸로 하늘로 쏟아져 내리고
뒤얽힌 철로의 서울역 기차
거꾸로 매달려 제 행선지를 향해 질주한다
분당신도시 한복판 보기 드문 검둥이 한 마리
뒤집한 땅에 달라붙어 걷고 있다

멀리 작은 섬 해당화, 붉은 이슬마저
하늘로 떨어질세라 매달리고
갈매기도 하얀 배를 걷어올리고 날기 시작한다

어디선가 세상은 뒤집히기 시작했고
이미 뒤집혀 미친 세상은
온통 땅을 짚고 물구나무서기를 한다

- 임길도, 시 '물구나무서기'

I 이번 칼럼에서는 2001년 문예사조 신인상을 수상하며 시인에 등단한 임길도 시인의 시 '물구나무서기'다. 임 시인과 필자는 문학신문사 시 창작반에서 2012년부터 2013년까지 함께 활동했다. 1960년 경북 영천에서 태어난 그는 학창시절 화가가 되는 게 꿈이었다고 한다. 그래선지 임 시인의 작품 전반에는 문장으로부터 회화적인 이미지 색채가 느껴진다. 물구나무서기 작품은 2001년 11월17일 영천신문에 연재된 시로도 정평이 났다.

누구나 살면서 물구나무서기 한 두 번 안해본 사람은 없을 터다. 거꾸로 본 세상은 뒤집혀 보이고 전혀 다른 세상을 느낄 수도 있다. 임 시인은 "어디선가 세상은 뒤집히기 시작했고 이미 뒤집혀 미친 세상은 온통 땅을 짚고 물구나무서기를 한다"고 했다. 그림만큼 화려한 임 시인의 이 작품을 소개하는 이유는 16일 윤석열 국민의힘 대통령 후보 아내 김건

희씨가 유튜브채널인 '서울의소리' 기자와 통화한 내용의 언론 보도와도 연관이 깊다. 해당 내용은 MBC 스트레이트에 보도됐다.

김건희씨의 통화 내용을 살펴보면, 김씨는 "(남편이) 총장 되고 대통령 후보 될 줄 꿈이나 상상했겠나"라며 "이건 문재인 정권이 키워준 거지 보수가 키워줬겠어. 보수는 자기네가 해먹고 싶지"라고 주장했다. 그러면서 "박근혜 대통령을 탄핵시킨 건 진보가 아니라 보수다. (어떤 이들은) 문재인 대통령이 탄핵시켰다고 생각하는데 그게 아니다. 보수 내에서 탄핵시킨 것"이라고도 했다. 김씨의 통화 내용 보도가 공개되기 전 더불어민주당은 공개를 촉구했던 바다. 공개된 지금 집권당의 심정은 어떠할까. 아마 썩 긍정적이지는 못할 듯싶다. 물구나무서기를 하면 세상이 새롭게 보인다는 말 역시 새삼 다시 바라보게 했다.

우태훈의 詩談·73

문점수 '새 친구'

아코디언을 가슴에 끌어안고
현란한 손놀림에 취한다.

자유자재로 음률에 머물면
나도 모르게 빠져든다.

쌀 10kg 만큼의 무게, 가슴에 안고
어루만지면 밥알이 입 안에 머물 듯
달콤함에 녹아내린다.

작은 체구가 무게에 눌려
어쩔 줄 모르던 순간도 잠시
악기는 나의 분신처럼
또 하나의 취미가 되었다.

황혼이 머무는 그날까지
아코디언은 내 곁에 머물며
새 친구가 될 것이다.

슬플 때나 즐거울 때나
가슴에 안겨 떨어지지 않는.

- 문점수, 시 '새 친구'

Ι 이번 칼럼에서는 문점수 시인의 '새 친구'라는 작품을 소개하고자 한다. 문점수 시인과 필자는 격월간 잡지인 '좋은문학'을 통해 등단한 문우이기도 하다. 또 문 시인과 함께 좋은문학에서 2007년부터 2009년간 함께 시 작품으로 호흡했다. 이번 칼럼에서 소개한 '새 친구'는 그가 올해 1월 월간문학에서 발간된 635호 잡지에 올라온 작품이다.

문점수 시인의 작품인 새 친구는 사람이 아닌 아코디언을 의인화한 작품으로, 사람은 무엇인가 새로움에 도전하고 성취하는 기쁨을 맛보면서 살아가는 존재임을 문학적으로 표현했다. 문 시인은 아코디언과 함께 하는 생활을 황혼이 머무는 그날까지 한다고 했다. 그가 아코디언을 통해 무엇을 노래하고, 추후엔 무엇을 노래할 것인지 문뜩 궁금해졌다.

이 작품을 소개하는 또 다른 이유는 미국에서 '흑인 인어공주'로 이목을 집중시킨 할리 베일리의 친언니인 클로이 베일리가 최근 SNS를 통해 언급한 발언과도 연관이 깊다. 클로이는 21일 자신의 SNS에서 "(동생과) 서로 비교하는 것을 멈춰달라"며 네티즌들에게 촉구했다. 두 자매는 사이가 좋지만 많은 네티즌이 두 사람을 비교하자 이를 지적한 셈이다.

두 자매의 우애는 외국인인 필자의 마음을 따뜻하게 했다. 두 자매의 모습이 외신을 통해 소개되자 문뜩 문점수 시인의 '새 친구'가 떠올랐다. 저출산시대와 핵가족화가 지배적인 시대를 살아가는 우리는 대부분 '배려'보다 '이기주의'가 일상의 대부분을 차지하고 있다. 문 시인의 새 친구 작품과 베일리 자매의 우애는 이기주의의 벽을 부수는 하나의 매개체가 됐다고 자평하고 싶다.

우태훈의 詩談 · 74

우태훈 '명절날 일하는 사람들'

예전에는 아버지가
일하시었는데
요즘에는 내가
일하고 있다.

그때는 참 이해가
안 가는 것이었는데
이제는 이해가
가는 일이다.

해야 할 일이 명절보다
먼저인 것을 깨닫기까지는
한참의 세월이
흐른 후였다.

- 우태훈, 시 '명절날 일하는 사람들'

Ⅰ 이번 칼럼에서는 우리 민족 고유명절인 설과 관련된 본인의 작품인 '명절날 일하는 사람들'을 소개하고자 한다. 이 작품은 필자가 지난 2012

년 12월15일 발간한 〈겨울바다〉에 수록된 시다. 설날은 한해의 첫 날을 기리는 명절로, 보통 온 가족이 모여 시간을 보내는 게 관례다. 하지만 설날에도 쉬지 못하고 일하는 노동자들과 특수직 노동자들이 존재한다. 따라서 이번 시는 명절을 제대로 보낼 수 없는 이들을 위로하기 위해 소개하게 됐다.

CJ대한통운 택배 노조의 파업이 약 한달간 지속되는 가운데 명절을 앞둔 시민들의 불편이 가중되고 있는 현실이다. 지난 25일 광주 북부경찰서에 따르면, CJ대한통운 노동조합 소속 광주·전남 택배기사들은 작년 말부터 무기한 총파업을 지속 중이다. 이들은 택배노조 인정을 비롯해 노동자들의 인권 상향을 촉구했다. 이들뿐 아니라, 우리사회 곳곳에서는 명절에도 묵묵히 구슬땀 흘리는 노동자들이 존재할 터다. 그런 이들을 위해 우리사회가 할 수 있는 캠페인은 무엇이 있는지 한 번쯤 생각을 하게 됐다. 이런 가운데 부산에서 설 명절에 노동을 하는 이들을 위한 존중 캠페인이 포착됐다.

부산이동플랫폼노동자지원센터 '도담도담'은 택배와 배달 물량이 폭증하는 설 명절을 앞두고 서면 동보플라자 앞에서 택배, 배달 노동자 존중 캠페인을 예고했다. 작년 연이은 과로사로 우리사회에 충격을 선사한 택배 노동자들의 실태가 드러나면서 이들의 인권을 보호해야 한다는 목소리가 팽배해진 게 한 몫 한 것으로 보인다. 음식 배달 노동자들 역시 인권을 보호해야 한다는 목소리가 나온다. 이에 센터 측은 "설 명절을 앞두고 시민들에게 택배, 배달 노동자를 응원하는 스티커를 시민들에게 배포하고 포스트잇으로 직접 응원의 한마디를 쓰게 하는 행사를 통해 우리 사회의 '필수 노동'인 배달 노동 존중 의식을 널리 확산시키는 계기로 삼으려 한다"고 캠페인을 진행하는 이유를 밝혔다. 해당 캠페인이 전국 곳곳에 널리 퍼진다면 명절날 일하는 사람들이 조금은 존중받는 사회가 다가오지 않을까 생각한다.

우태훈의 詩談·75

태동철 '또, 갔어'

주말이면 그 골방에 모여들던
고 씨, 장 씨, 이매 씨, 국 씨

일월 소나무에 단정학 내려앉듯
이월 매화 가지에 꾀꼬리 앉듯

모여들어 판 벌이고 인생 한 판 겨루더니
낙장 불입이 철칙인 양
한발 앞서 두 발 먼저 사라졌어

나는 이제 혼자야 홍싸리 껍데기야
난초 향이 진동한들
목단꽃이 화사한들

향기도 사라져 정적만 감돌아
코로나 역병 피하여
저승에 딴 방 차렸나 봐

고도 가고 판도 가고 짜장도 갔어
휘영청 맑은 달 속으로 가고 말았어

주말도 골방도 아닌 단풍나무 아래
나는 홀로 서서 뒤돌아보지만

고라니인지 노루인지 허공에 정적만 감돌아
가을 하늘 새털구름 사이로 보고픈 얼굴 그려본다

– 태동철, 시 '또, 갔어'

Ⅰ 이번 칼럼에서는 태동철 시인의 '또, 갔어'를 소개 하고자 한다. 태동철 시인과 필자는 좋은문학 동인지 출신으로 2007년부터 2009년까지 좋은문학 작가회에서 함께 활동했다. 그는 평범한 일상에서 시의 소재를 취하고 하나의 문장으로 만드는 능력이 꽤나 돋보였던 문인이었다. 이번에 소개된 '또, 갔어' 작품 역시 일상생활 속 즐겨하는 화투놀이를 소재로 취한 것이기도 하다.

더욱이 이 시를 들여다보면, '주말이면 골방에 모여 화투놀이를 하던

고 씨, 장 씨, 이매 씨, 국 씨등이 한 발 앞서 두 발 먼저 사라졌다'는 구절이 돋보인다. 이는 현실을 떠나 이승으로 간 사람들을 풀이한 문장으로 보인다. 그렇게 한 사람 두 사람 사라지더니 홍싸리를 잡고 있는 자신만이 남아 정적마저 감돈다는 것이다. 이제는 만날 수 없는 사람들을 그리워하는 현실을 음율 있게 시로 승화해 풀어냈다.

이 시를 소개하는 또 다른 이유는 요즘 오미크론보다 전파속도가1.5배나 더 빠른 스텔스오미크론이 나와 의료계를 긴장시키고 있다. 또한 시민들의 불안감은 더 한층 심해지고 있는 것이다. 이 와중에 태 시인은 친구들이 한 분 두 분 저 세상으로 떠나다니 그 허전함과 쓸쓸함이 더욱 심한 것을 알 수 있다. 코로나의 변종인 스텔스오미크론이 나와서 세상을 다시 한 번 긴장 시키고 있다. 아무쪼록 설 명절도 보냈고 다시 일상으로 복귀해야 하는 현재, 질병에 걸리지 않도록 전 국민적 노력이 필요하다. 또 코로나를 종결시킬 새로운 소식이 우리를 빨리 찾아오길 기대해본다.

우태훈의 詩談 · 76

문효치 '대왕암 일출'

새롭게 태어날
추억과 사랑을 위해
허파의 한 가운데 쯤
제단을 쌓았다.

막 솟아오르는 해
내 제단에 입히고
어깨에서 잠자던
새들 새들 새들
일제히 깨어나
비상을 한다.

둥둥둥둥
바다는 북을 친다.

– 문효치, 시 '대왕암 일출'

이번 칼럼에서는 문효치 시인이 쓴 '대왕암 일출'을 소개하고자 한다. 문효치 시인은 1943년 전북 군산에서 태어나 동국대학교 국문과 및 고

려대학교 교육대학원 등을 졸업한 문학전문가이기도 하다. 특히 문효치 시인은 신춘문예에 당선될 만큼 시 창작에 탁월한 재능을 보여주며 문학계의 이목을 끌기도 했다. 그의 이러한 문예 재능은 그를 한국문인협회 이사장직을 수행하게끔 만들기도 했다. 문효치 시인과 필자는 2012년에서 2013년간 문학신문사에서 사제의 연으로 함께 활동했다.

문효치 시인의 '대왕암 일출'을 소개하는 이유는 매일 같이 떠오르는 태양, 또는 해이지만 생각하기에 따라서 우리가 모두 매일 새롭게 태양을 바라보며 꿈을 키워나갔으면 하는 바람 때문이다. 더욱이 오는 15일은 정월대보름이다. 이날에 뜨는 달은 그해에 제일 크게 뜨는 달로 알려졌다. 따라서 즐거운 마음으로 아침을 맞이하고 임인년에 펼치고픈 희망을 보름달에 전달해 매일매일 꿈이 있는 삶을 우리 독자들이 살아갔으면 하는 마음에 해당 작품을 소개하게 됐다.

아울러 이 작품을 소개하는 또 다른 이유로는 작년 발사된 우주망원경 제임스웹이 처음 별빛을 포착해 지구에 보낸 것과 연관이 깊다. 11일(현지시간) 미국 항공우주국(NASA)은 관측 궤도에 오른 제임스웹이 처음으로 이미지를 지구에 전송했음을 전했다. NASA 홈페이지에는 제임스웹이 큰곰자리 별빛을 포착한 후, 핵심 관측 장비인 6.5m 금도금된 주경을 촬영한 사진이 공유됐다. 해당 보도를 접하자 이런 생각이 문뜩 들기도 했다. 광활한 우주에 대한 구체적인 정보도 조만간 우리 인류가 접하지 않을까 하는 기대다.

우태훈의 詩談·77

고산지 '사랑의 송가'

사랑은 떨림입니다

당신과 내가
부딪혀서 만들어내는 울림입니다.

우리들의 여린 마음을
두드리는 공명입니다.

촛농처럼 흐르는 당신의 눈물입니다.

사랑은 사랑은
나의 옥합을 깨트려서

당신께 쏟아 부은
기쁨의 향유입니다.

믿음의 선물입니다.

- 고산지, 시 '사랑의 송가'

❙ 이번 칼럼에서는 고산지(필명, 본명 고영표) 시인의 '사랑의 송가'를 소개하고자 한다. 고산지 시인과 필자는 2007년 9월9일 북한강문학비 건립 현장에서 처음 인연이 닿았다. 그때 받은 고 시인의 시집 '짠한 당신'에 출전된 '사랑의 송가'는 시사문단 2007년 4월호에 발표되기도 했다. 고산지 시인은 일상의 평범함을 시의 소재로 택해 시로 풀어내는 능력이 돋보이는 문인이다.

이번 칼럼에서 '사랑의 송가'를 소개하는 또 다른 이유는 17일간 중국 베이징을 밝혔던 성화가 마침내 사라진 것과 연관이 깊다. 제24회 베이징 동계올림픽이 20일 중국 베이징 국립경기장에서 열린 폐회식을 끝으로 모든 일정을 마친 것이다. 이번 폐회식은 개회식과 마찬가지로 차분하고 간소한 분위기 속에 진행됐다. 폐회식 말미에는 차기 대회 개최지인 이탈리아 밀라노 동계올림픽조직위원회가 퍼포먼스를 펼치기도 했다. 다가올 제25회 동계올림픽은 2026년 2월6일부터 2월22일까지 이탈리아 밀라노와 코르티나담페초에서 열릴 예정이다.

이번 베이징 동계올림픽은 말도 많고 탈도 많은 올림픽이라는 게 중론이다. 편파 판정으로 얼룩진 수 많은 경기들이 이를 방증한다. 하지만 그런 올림픽임에도 우리나라 선수들이 각자의 노력과 열정을 뽐내고 구슬땀을 쏟아부은 데 대해 찬사와 박수를 보낸다. 우리나라 선수들을 격려할 최고의 시 문구로 필자는 고산지 시인의 사랑의 송가 내 "사랑은 떨림입니다, 당신과 내가 부딪혀서 만들어내는 울림입니다"라고 대신하고 싶다.

우태훈의 詩談 · 78

김근당 '아버지의 목소리'

새벽이면
들판에서 건너오는
생생한 소리가 들리곤 했다.

여명을 끌고 오는 듯
샛강을 건너
삶이 열리는 마당을 지나
거기 사립문으로 들어서는 소리.

얘야! 세상에 나갈 때는
욕심이 허기진 곳으로 가지 말고
꿈으로 다져진 길로 가거라

마루로 올라서는 소리에
화들짝 놀라 깨어나면
거기 바짓가랑이 이슬을 터는
아버지가 서 있곤 했다.

– 김근당, 시 '아버지의 목소리'

Ⅰ 이번 칼럼에서는 김근당 시인의 '아버지의 목소리'를 소개하고자 한다. 김근당 시인은 충남 당진에서 태어나 1996년 '시대문학'을 통해 등단했다. 그의 시집인 '물방울 공화국'에 출전한 '아버지의 목소리'는 필자가 2015년 5월22일 김근당 시인에게 직접 받았다. 칼럼을 쓰기에 앞서, 책장을 살펴보던 중 그의 시 한편이 눈에 띄게 되면서 더 자세히 소개하고자 해당 작품을 알리게 됐다. 김근당 시인의 시집 전반에는 이번에 소개하는 '아버지의 목소리'를 비롯해 전원의 서정적 풍경과 오래된 역사적 문화의 모습, 과거와 현대를 잘 어울리는 분위기를 풍긴다. 이런 해석을 잘 보여주는 예가 '아버지의 목소리'가 아닐까 싶다. 역사를 넘나드는 그의 시는 현재를 살아가는 우리에게 많은 교훈을 준다고 자부한다.

이 시를 소개하는 또 다른 이유는 최근 우크라이나 사태를 정쟁의 수단으로 삼는 정치권의 움직임을 지적하기 위함이다. '아버지의 목소리'에는 "욕심이 허기진 곳으로 가지 말고 꿈으로 다져진 길러 가거라"라는 문구가 있다. 하지만 우리 정치권은 국민들에게 꿈을 보여주기 보다 욕심으로 가득 차 있음을 보여주는 것 같아 씁쓸하다.

연장선상으로 이재명 더불어민주당 대선후보는 지난 25일 대선후보 TV토론 때 윤석열 후보와 우크라이나 내전에 대해 토론을 할 당시 "6개월 초보 정치인이 대통령이 되고 러시아를 자극하는 바람에 충돌했다"고 다소 논란이 될 소지의 발언을 했다. 추후 이재명 대선후보는 "비극적인 상황에 처해 있는 나라와 국민에게 도움을 주지는 못할망정, 가슴을 후벼 파는 이런 냉소적 언사가 한 나라의 지도자가 되겠다는 사람의 처사로 합당한지 되묻지 않을 수 없다"며 "이런 태도가 바로 제가 토론에서 지적한 초보 정치인의 한계인 것"이라고 본인의 발언은 우크라이나 사태가 아닌 윤석열 후보를 겨냥한 발언임으로 설명했다.

우리나라가, 우리의 지도자들이 '욕심이 허기진 곳이 아닌 꿈으로 다져진 길'로 나아갈 수 있는 방법은 무엇일까. 진정 고민하는 정치인이 있는 것인지 '욕심'과 '정쟁'으로 얼룩진 2022년의 정치권을 보고 있으니 긍정을 찾지 못해 슬플 뿐이다.

우태훈의 詩談 · 79

이혜숙 '응봉공원 벚꽃'

꽃
철따라 피고 지는 세월무덤
오늘의 꽃잎
그날 모습 아니다.

소담스런 환희
별빛 스며들어 눈부신 혼

화들짝 오므린 길섶
맘껏 풀어헤친 너는 자유인

만개한 시간 드높은 하늘
순수의 기상
무리지어 피어난 환호의 물결
낙화로 다시 이어질 봄날의 여진
닮토록 쌓이고 쌓인 미련에서
느린 발걸음에 실린
또박또박 오늘의 나를 싣고 간다.

- 이혜숙, 시 '응봉공원 벚꽃'

Ⅰ 이번 칼럼에서는 '혜원' 이혜숙 시인의 시 '응봉공원의 벚꽃'을 소개하고자 한다. 이혜숙 시인과 필자는 문학신문사 시창작반에서 2012년에서 2013년간 함께 활동했다. 이혜숙 시인은 경북 경주에서 태어나 경주여고 및 한국방송통신대 국문과를 수료한 바다. 그의 시세계는 평범한 일상을 소재로 택해서 산수화를 옮겨놓는 듯 간명한 인상을 주는 게 특징이다.

이혜숙 시인의 시집인 '혜원 이혜숙의 시세계 어머니'에서 등장하는 '응봉공원의 벚꽃'은 봄철 응봉산을 환하게 장식한 듯하다. 그도 그럴 게 봄철 응봉산에서는 온통 개나리와 벚꽃이 만개한다. "소담스런 환희, 별빛 스며들어 눈부신 혼, 맘껏 풀어헤친 너는 자유인"이란 작품의 문구에서 알 수 있듯 이처럼 봄이 오는 경칩을 잘 표현한 게 있을까 싶다.

어김없이 임인년의 경칩이 찾아왔다. 그리고 다가올 3월9일에는 제

20대 대통령 선거를 통해 대통령이 선출된다. 코로나19로 고통받는 우리 국민들에게 새로운 봄을 선사할 정부는 어떤 정부일지 궁금하다. 제2의 한강의 기적과도 같은 희망과 미래를 선사할 정부가 탄생하길 기대해본다.

우태훈의 詩談 · 80

이미순 '공허'

그대가 가는 길은 쓸쓸하리라
떠난 이의 그리움에
지금도 가슴 저미는 그리움에
이룰 수 없는 꿈을 안고 슬퍼하리라.

사랑도 명예도 다 부질 없으리라
십팔 년 동안 공들였던 자식을
아련히 떠오르는 추억과 함께
가슴에 묻어야만 하는 것을.

아픈 가슴 달래며 소중한 시간
어루만지며 그대 가슴앓이 하리라
사랑인 줄 알았지만 헤어짐에

눈물만 흘려야 한다는 것을.

오늘이 가고 내일이 가고
수십 년이 간 먼 날에도
뻥 뚫린 가슴에 그리움만
차곡차곡 쌓아두리라.

* 아들을 교통사고로 보내고 가슴 아파하는 친구를 보면서.

- 이미순, 시 '공허'

Ⅰ 이번 칼럼에서는 2007년 5월 첫 시집을 상재한 '수향' 이미순 시인의 시집 '꿈을 파는 여자'에 등장하는 '공허'를 소개하고자 한다. 이미순 시인과 필자는 2007년 9월9일 북한강문학비 건립 개막식에서 첫 대면을 했다. 그날 이 시인의 친필이 적힌 시집을 받을 수 있었다. 공허라는 작품은 이 시인의 친구가 아들을 교통사고로 잃자 그 아픔을 보고 위로하는 차원에서 지은 것으로 보인다. 나아가 해당 작품은 우리의 인생을 함축한 것으로도 보인다. 오늘이 가고 내일이 가고 수십 년이 간 먼 날에도 뻥 뚫린 가슴에 그리움만 쌓아둔다는 마지막 문장이 우리의 인생을 함축했다고 생각한다. 우리 모두 각자의 목표를 가지고 인생을 살아간다. 그 과정에서 성공과 실패를 경험하며 다양한 그리움을 쌓아갈 것이다.

필자의 시담 칼럼은 이번 작품 소개를 끝으로 마무리된다. 그동안 시담 칼럼을 통해 부족했지만 독자들에게 시와 사회에서 발생하는 현상 및 사안들을 소개하는데 주력했다. 그 과정에서 풍성한 내용과 명확하고 미래를 제시하는 내용을 담아내는데 부족함이 떠올라 그리움이 많이 남았다. 그럼에도 불구하고 필자에게 시를 소개하고 사회현상의 내용을 문학적으로 소개할 수 있게 도와준 〈시사1〉에 감사를 표한다. 2020년 첫 칼럼을 시작했을 당시엔 코로나가 한창 기승을 부리던 시절이었다. 시간이 흘러 2022년 3월 칼럼을 마무리하는 시점엔 코로나의 기승이 한 풀 꺾임을 느끼게 됐다. 코로나로 긁힌 우리사회의 상처가 빠르게 아물고 보통 일상이 아무렇지 않듯 찾아와 정착했으면 하는 바람이다.